蘇軾墨迹

徐崇先诗三百首

生命流韵

苏轼墨迹

徐崇先诗三百首

江苏文艺出版社
JIANGSU LITERATURE AND ART PUBLISHING HOUSE

图书在版编目（CIP）数据

生命流韵：徐崇先诗三百首 / 徐崇先著. —南京：江苏文艺出版社，2013.6

ISBN 978-7-5399-6215-3

Ⅰ. ①生… Ⅱ. ①徐… Ⅲ. ①诗集-中国-当代 Ⅳ. ①I227

中国版本图书馆 CIP 数据核字(2013)第 094234 号

书　　名　生命流韵
著　　者　徐崇先
责任编辑　赵　阳　姚　丽
责任校对　张松寿
责任监制　刘　巍　江伟明
出版发行　凤凰出版传媒股份有限公司
　　　　　江苏文艺出版社
出版社网址　http://www.jswenyi.com
经　　销　凤凰出版传媒股份有限公司
印　　刷　徐州今日彩色印刷有限公司
开　　本　718×1000 毫米　1/16
印　　张　23
字　　数　120 千字
版　　次　2013 年 6 月第 1 版　2013 年 6 月第 1 次印刷
标准书号　ISBN 978-7-5399-6215-3
定　　价　88.00 元
（江苏文艺版图书凡印刷、装订错误可随时向承印厂调换）

徐崇先，1953年8月生，江苏睢宁人，徐州师范大学中文系毕业，中央党校政治学专业研究生学历。

中华诗词学会理事，江苏省诗词协会副会长，徐州市诗词协会会长，中国音协二胡学会顾问，徐州市二胡学会会长。除专著若干外，主编《徐州当代诗词精品集》、《格律诗词简明教程》，出版《徐崇先诗词选》。

中国人民解放军电视宣传中心原主任（少将）、中华诗词学会常务副会长（法人代表）、中华诗词研究院顾问、中华诗词杂志社社长、中华诗词学会网总编李文朝题词。

江苏省委原副书记、江苏省诗词协会名誉会长顾浩题词。

江苏省原副省长、江苏省诗词协会会长凌启鸿题词。

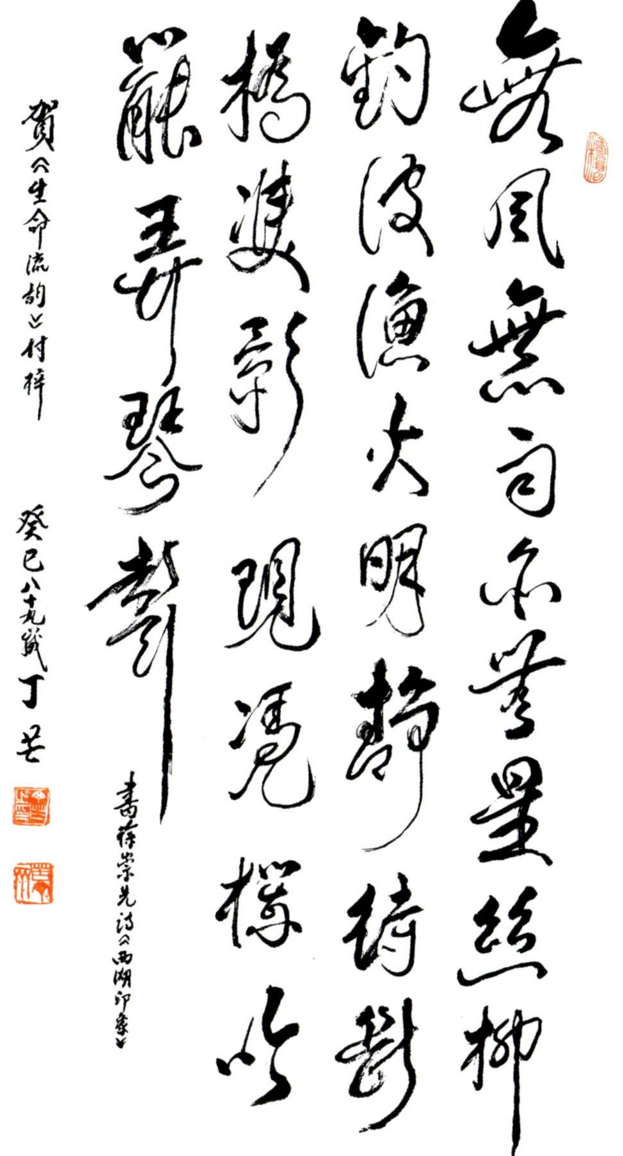

国务院参事室中央文史馆研究院中华诗词研究院和中华诗词学会顾问，江苏中华诗学研究会名誉会长，当代著名诗人、诗论家和书法家丁芒书徐崇先诗《西湖印象》。

琴心流雅韻
詩夢蘊文華

賀徐崇先生吟詠韻付梓 徐紅

中国人民解放军南京军区装备部原副部长（少将）、江苏省诗词协会副会长徐红题词。

目录

序：生命的歌吟 / 丁芒 /001

辑一 华夏掠影·“人间难遇景如此”

雨夜雁荡 /008
林芝印象 /009
喀纳斯湖 /010
小寨沟 /011
崆峒山 /012
草原印象 /013
太白山 /014
果子沟过天山 /015
壶口观瀑 /016
刘家峡 /017
雨夜长江游 /018
八月新疆途中 /019
登泰山 /020
夜观壶口 /021
阳江海陵岛沙滩 /022
无题 /023
梅关古道听泉 /024
过梅岭古道 /025
赣州通天岩 /026
赣州八境台 /027
龟峰 /028
连州群峰 /029
纳木措湖 /030
布达拉宫 /031
雁荡山大龙湫 /032
老君山龙峪湾听涛 /033
访吕梁 /034
贵德丹霞（二首）/035
张掖丹霞 /036
玉龙雪山 /037
过祁连县 /038
台东印象 /039
老君山石林 /040
天柱山 /041
汤山听雨（二首）/042
七星岩（二首）/043
连州地下河 /044

龙虎山写意 /045
包头 /046
常州即景 /047
贵德地质公园 /048
乌海草原 /049
今日大寨 /050
世博园排队 /051
过太行 /052
武当山 /053
银川沙湖 /054
沙坡头 /055
嘉峪关抒怀 /056
小西天泥塑悬雕庵 /057
青海原子城 /058
赛里木湖果子沟 /059
临沂印象 /060
华山 /061
咏中岳 /062
鸡公山秀女潭 /063
游南通濠河 /064
过陕西铜黄 /065
敦煌石窟 /066
无锡宜园 /067
溧水东屏湖 /068
日月潭（二首）/069
台北至花莲途中 /070
台湾太鲁阁大峡谷 /071
帕米尔咏叹（二首）/072
林州大化石奇观 /073
神农架览胜 /074
西行歌 /075

辑二 海外传情·“精英多寄五洲梦”

柏林枫叶 /078
西欧行 /079
游剑河 /080
剑桥大学 /081
澳洲赠语 /082
观大阪海游馆 /083
微斯汀酒店观大阪夜景 /084

俄罗斯胜利广场抒怀 /085
忍饥观赏苏伊士运河 /086
太英河酒店 /087
柏林议会大厦光明顶 /088
地中海观涛 /089
阿联酋 /090
迪拜 /091
开普敦 /092
好望角 /093
桌山 /094
豪特湾 /095
南非 /096
新加坡 /097
大堡礁船上 /098
尼罗河遐想 /099
北欧感赋（二首）/100
冲绳万座毛观瀑 /101
题狮身人面像 /102
富士山 /103
泰晤士河畔 /104
飞机上观阿尔卑斯山脉 /105
月亮湖 /106
萨尔斯堡早晨 /107

辑三　名胜留踪·“始祖人文济众生”

太昊陵 /110
广胜寺 /111
灵山寺 /112
千唐志斋（二首）/113
月下个园 /114
坎儿井 /115
过长安 /116
今日克拉玛依 /117
义 /118
谒黄帝陵 /119
谒醉翁亭 /120
大昭寺 /121
悬空寺 /122
虎跳峡 /123
登白石峰 /124

乌鲁木齐至喀纳斯地貌奇观 /125
瘦西湖 /126
坎布拉 /127
老子悟道处 /128
红石峡 /129
天坛大佛 /130
何园片石山房月 /131
西湖印象 /132
三清山览胜 /133
延安西柏坡学习考察归来 /134
初上黄鹤楼 /135
骆马湖游记 /136
陪友人游安徽萧县皇藏峪 /137
《印象刘三姐》印象 /138

辑四 彭城放歌·“大彭琴舞颂新明”
题《品牌徐州》/140
咏徐州下水道四班 /141
徐州工会组织建立八十八周年暨市总工会成立六十周年抒怀 /142
徐州第二届端午论坛口占 /143
彭园樱花节暨万人相亲会 /144
东坡花园 /145
题徐州东山寺诗书画展 /146
赠沛县安国镇中心小学 /147
铜山新貌 /148
中国胡琴艺术博物馆偶得 /149
贺徐州市公园巷小学百年 /150
赞云龙湖北大堤十里诗词灯廊 /151
徐州九里火花村桃花源休闲农庄（二首）/152
题丰县实验小学诗风 /153
季子挂剑 /154
赞留侯张良 /155
今日贾汪 /156
云龙写意 /157
咏徐州万亩荒山绿化造林 /158
九里山植树 /159
贾汪第三届桃花节即兴 /160
北京彭城两汉文化艺术交流中心成立

抒怀 /161
《春到云龙》诗会偶得 /162
伏羊节 /163
题徐州汉王诗书画院 /164
中华第一龙 /165
忆鼓楼 /166
题徐州东坡运动广场并云龙公园敞园 /167
徐州新胜咏 /168
云龙山抒怀 /169
咏彭城 /170

辑五 艺德琴心·“画印诗书歌盛世”

贺第二届中国书法兰亭奖徐州获奖作品展 /172
贺《中州多宝艺术馆》开馆 /173
情人夜 /174
北京奥运会感赋 /175
题孔伯祥《逸韵集》/176
题《七彩人生诗集》/177
观于红梅演奏《红梅随想》/178
贺中国音协二胡学会成立三十周年 /179
“舞动汉风”徐州民间文化社团迎新春联谊会即兴（二首）/180
观 2006 年徐州新年音乐会荷兰皇家交响乐团演出 /181
咏中国徐州首届国际胡琴艺术节 /182
汉魂（二首）/183
太湖琴声 /184
人物画 /185
扬州明月茶楼 /186
观麻凡先生书画展 /187
徐州国际胡琴艺术节于维也纳金色大厅成功宴上口占 /188

辑六 亲友赠答·“题联书赠吟坛静”

魏礼群先生五十年第一次回乡度中秋 /190
师魂颂 /191
2009 年重阳“秋色赋”诗茶会即兴 /192
彭城先生生日席间见赠 /193

赠张世平女士 /194
赠于汉郭翔川夫妇 /195
端午节暨果光法师《禅月无声》首发式即兴 /196
徐州云龙山兴化寺首次禅诗笔会口占 /197
会友 /198
赠宋飞女士 /199
参观青海省藏文化博物馆和塔尔寺兼赠华珍女士 /200
有感凌启鸿老省长抓诗教 /201
赠张艳女士 /202
赠程大利先生 /203
痛悼陈保华先生 /204
沉痛悼念安如砺先生 /205
赠孙家正先生 /206
依韵和李锐老先生赠诗 /207
2006 年元旦呈晨崧先生 /208
呈百岁寿星袁晓园先生 /209
呈林从龙先生 /210
赠二胡大使周维先生 /211
姜舟先生 72 岁龙年寿辰贺宴口占 /212
赠倪健民先生 /213
寄语外孙徐国玮 /214
颂新疆生产建设兵团 /215
赠谢亦森先生 /216
二胡大师闵惠芬《上海之春》获奖五十周年祝贺音乐会集成及其文集系列丛书发行新闻发布会口占 /217
和中华诗词研究所莫非先生 /218
慰问井下煤矿工人 /219
为二胡演奏大师闵慧芬而作 /220
大师风范映山河 /221
部分二胡名曲随想（十首）/224
《春诗》/224
《江河水》/225
《光明行》/226
《阳关三叠》/227
《空山鸟语》/228
《卧龙吊孝》/229
《宝玉器灵》/230

《赛马》/231
《新婚别》/232
《二泉映月》/233

辑七 人生哲思·“万物滋生总有缘”

中秋感怀 /236
中秋夜与果光法师赏月偶得 /237
辛卯除夕 /238
途中赏月 /239
南湾湖小岛野炊 /240
明月山 /241
露天花石浴 /242
赞羊君 /243
法门思 /244
拜佛 /245
登华山 /266
洪洞大槐树 /247
感延安 /248
瑞金抒怀 /249
清远傍晚 /250
嘉峪关 /251
水 /252
夜观室中树 /253
偶得 /254
长城号游船上 /255
鸽子窝 /256
颂羊君 /257
蛙声 /258
水仙 /259
诗酒歌 /260
室中瀑 /261
汶川大地震感怀（四首）/262
奥运金牌有感 /263
月亮湖天沐汤 /264
心境 /265
高原行 /266
黄河头 /267
春雷 /268
荷 /269
苑中情 /270

聊城怀古 /271
水泊梁山 /272
宜兴竹海 /273
微山湖泛舟 /274
夜宿扬州紫藤园 /275
慰问古邳陈平楼小学 /276
平遥古城 /277
神农架口占 /278
骆马湖放舟 /279
梨花赞 /280
夜宿白云山 /281
庐山 /282
那拉提 /283
博斯腾湖 /284
泳 /285
车外花莲 /286
行进在撒哈拉沙漠 /287
丙戌初八瑞雪抒怀 /288
过湖西航道 /289
访香港中联办 /290
福州 /291
楼外楼偶得 /292
重渡沟溯流 /293
蒙阴坦堡镇杏山子桃花园口占 /294
五指山古森林 /295
三亚湾沙滩晚散步 /296
武夷放排 /297
雷峰塔前 /298
西子情 /299
南山行 /300
醉沐 /301
送君 /302
路感 /303
心事 /304
忆旧（二首）/305
无题 /306

附一：词与楹联

水调歌头・今上井冈山 /308
栾川黄弥寺题联 /309

题栾川君山老子铜塑巨像 /310
灵山寺题联 /311
商丘清凉寺题联 /312
世博园中国馆题联 /313
徐州荷风岛题联（三副）/314

附二：诗友题赠
和徐崇先先生（谢亦森）/316
祝贺《生命流韵》出版兼赠徐崇先会长（晨崧）/316
赠徐州市诗词协会徐崇先会长（杨逸明）/317
参观胡琴艺术馆并贺徐崇先主席《生命流韵》出版（刘庆霖）/317
鹧鸪天·贺徐崇先先生《生命流韵》付梓（范诗银）/318
贺徐崇先同志《生命流韵》诗集问世（周道中）/318
贺崇先兄新作问世（季世昌）/319
浪淘沙·贺徐崇先《生命流韵》付梓（徐红）/319
题赠崇先兄（王海清）/320
贺徐崇先主席《生命流韵》付梓（赵钲）/320
徐公崇先吟长《生命流韵》出版志庆（舒贵生）/321
贺徐崇先会长《生命流韵》出版（黄新铭）/321
贺徐崇先先生《生命流韵》付梓（尚耀东）/322
赠崇先（李文顺）/322
徐崇先《生命流韵》行世之贺（张安民）/323
贺《生命流韵—徐崇先诗三百首》出版（果光）/323
贺徐主席《生命流韵》付梓（张景田）/324
读《生命流韵》有感（王大勤）/324
贺徐崇先先生《生命流韵》出版发行（韩修德）/325

西江月·贺徐崇先会长《生命流韵》诗集付梓（任启森）/325
喜贺徐崇先主席《生命流韵》出版（徐向中）/326
贺徐崇先《生命流韵》步林州大化石奇观原韵（刘嶓）/326
贺《生命流韵》出版（李敏）/327
徐崇先会长《生命流韵》读后（程建安）/327
读徐会长《生命流韵》感怀（蒋继辉）/328
贺《生命流韵》付梓（孔伯祥）/328
读《生命流韵》有感答谢徐崇先主席（魏新建）/329
摊破浣溪沙——贺徐崇先主席《生命流韵》诗集付梓（郭仲秋）/329
浪淘沙·彭城胡琴馆——贺徐崇先会长《生命流韵》付梓）（张庆莲）/330
贺徐崇先主席《生命流韵》付梓（张仁谦）/330
贺徐崇先主席《生命流韵》出版（陆朝良）/331
贺徐崇先诗家《生命流韵》出版（裴鸣若）/331
《生命流韵》感赋（林红岭）/332
贺徐主席《生命流韵》出版（孔令军）/334
读《徐崇先诗词选》《生命流韵》感怀（张继鹏）/334

附三：诗之曲谱

咏彭城 /336
云龙写意 /338
舞动汉风 /340
瘦西湖 /342
帕米尔咏叹 /343

跋：诗盈心智大美人生 / 李文顺 /344

序：生命的歌吟

丁　芒

与崇先同志相识已有几年了。可以说，我们是相识于诗缘，相知在诗情，相结为诗友。近日，他将出版诗集《生命流韵》嘱我为序，虽心有所怯，但情则难却。细读之后，顿有视通天极、心游万象、胸襟阔远的浩瀚之感。味其浓郁之情和静默之心，遂欣然命笔。

《生命流韵》是崇先从其近千首诗词联中精选三百而成。这三百首诗是其生存历程的印记、生活故事的串演和生命浩歌的吟叹。感其诗，我以为一个“大”字恰矣。诗材众多宽广，有一种大视野；诗格优雅大气，有一种大胸怀；诗理格物至深，有一种大智慧；诗眼关注自然、关爱民生，则是一种大生命。

一、大视野：眼前万象吟乾坤，透视生存自然的诗性

大自然是所有艺术家面对的巨大命题。崇先以诗人特有的秉性，在山水风物中游弋，用宽广视野收揽，以激昂诗情破题，透视乾坤万象的诗性，把握自然的大美。

在他的诗中，有泰山的天街云漫，有武当的圣境奇观，有华山的奇险如画，有崆峒的雄奇灵秀……中华大地那多姿的山，在诗人笔下连绵起伏，诗性悠长不绝。

在他的诗中，有雁荡山夜晚的烟雨茫茫，有小寨沟飞泉的万涧奔流，有壶口瀑布的浪起云烟，有苏伊士运河的浪花飞两岸……乾坤自然那多情的水，在诗人心中翻转流淌，诗性豪放勃发。

在他的诗中，有"风来同欲醉"的朦胧，有"风吹松叶翠"的妙趣，有"清风何日送君还"的盛情，有"风推浪涌千堆雪"的豪劲……万象人间那多媚的风，在诗人眼里无踪无影，诗性飘忽不定。

正如他在《过陕西铜黄》诗中写到：

云雾茫茫银色漫，千峰万壑尽霜天。
人间难遇景如此，十月高原绽雪莲。

"人间难遇景如此"，这是诗人的赞美、叹咏。崇先于山水风物中凝练的诗词佳句，充分表明他对自然是敏感与细腻的，总是以特有的感觉去捕捉自然变化中的诗性，摄景入情，融情于景。

爱默生认为"自然是精神的象征"。崇先以思想者的宏阔视野和深邃心力来思考和认识自然，并力求将文化因素、人文精神和生命体验融灌其间，从而在一种更为崇高的精神视域里把握了自然的大美与万象的诗性，且凝结成为一种真正的、纯粹的、诗性化的力量。

二、大胸怀：理政担道展胸襟，讴歌生民勤劳的诗慧

崇先从政几十年，先后在大学、区、市任职。我从他的诗中深刻感受到一名从政者的胸怀，感受到他对勤劳大众的讴歌。而正是这些诗篇，真实地再现了作者从政的三重境界。

第一重境界：从政之路，亦即"记录"之境。如其诗《忆鼓楼》：

老城六载绘新篇，移水搬山多变迁。
三战辉煌人立鼎，一流繁盛势擎天。
江陵八岭神龙舞，内港千樯碧浪欢。
商贸惠民功万代，红星闪烁奏和弦。

这首诗是作者主政徐州市鼓楼区工作六年的诗意性记录。

第二重境界：从政之理，亦即“思索”之境。如：

清正为民文九斗，人间永恋国魂枝。（《谒醉翁亭》）

万事民为大，旨在尽心肝。（《水调歌头·今上井冈山》）

政权何以立，牢记众黎民。（《瑞金抒怀》）

执政民为本，酬民国运亨。（《汶川大地震感怀》）

人心是汉风，智力寄民中。（《“舞动汉风”徐州民间文化社团迎新春联谊会即兴》）

这些诗句是崇先对从政、理政的深思。归结起来就是：人民永远是我们党的立党之本、执政之基、力量之源。

第三重境界：从政之道，亦即“讴歌”之境。这种讴歌，恰是诗人作为一名从政者的胸怀和境界的自然展现和流露。

“炎黄从未屈灾难”（《汶川大地震感怀》），这是对中华民族坚韧精神的讴歌；“领土岂容狼狗犯”（《心事》），这是对中国人民坚决捍卫领土主权的讴歌；“棚户万千居所乐”（《徐州新胜咏》），这是对徐州巨变、群众安居乐业的讴歌；“三千英少造林忙”（《九里山植树》），这是对徐州人民向荒山进军建设生态文明的讴歌；“黑夜尽尝般百苦”（《慰问井下煤矿工人》），这是对煤矿工人的讴歌，等等。这些诗句不仅展现了芸芸众生勤劳勇敢、积极向上的诗意生活和诗性智慧，而且作者为生民立命、为大众讴歌的胸襟怀抱也由此而现。

“有第一等襟抱、第一等学识，斯有第一等真诗。”“伟大的作品一定是崇高心灵的回声。”崇先的从政诗，从一个侧面充分证明：一个诗人的代表作品，必定是自身品德的最后完成。一定是最纯洁、最自然的情感表达。

三、大智慧：趋吉避凶入神思，追寻生活源头的诗理

孔子说：诗可以兴，可以观，可以群，可以怨。诗是智慧的艺术。阐释人生哲理、阐发自然物理，诗是可以担当的。崇先的诗，很大一部分是蕴含和孕育着“理”的，这应当是他生活智慧的凝构。

纵然黑暗里，照样向标明。（《夜观室中树》）这是生活的希望之理；

摘下家乡月，追回一少年。（《蛙声》）这是生活的思忆之理；

立家尤惜米柴贵,常念心经一首歌。(《心境》)这是持家的不易之理;

山人相处融为贵,更念紫薇情义浓。(《苑中情》)这是天地人的和谐之理;

城外城中天两界,阴阳兴替总相期。(《平遥古城》)这是宇宙演化、阴阳变换的根源之理。

作者之所以能用诗去阐释生活的道理,我想最根本的原因,在于他对主客观规律的准确把握。正因为如此,让个体充满了理性,那么生活中才能趋吉避凶,才能引导着自身走向真善美。也许,最能表达作者神思和追寻生活源头诗理的,我以为正是这首《无题》诗:

出世芙蓉沙漠柳,风中劲竹大江流。
目明可破千重雾,心定能安万种忧。
来去如云慈水济,转翻似火菊花羞。
冰清玉洁银盘梦,鹤顶鸡冠写晚秋。

诗人告诉了我们,生活中既需要“出世芙蓉”的纯洁,又需要“风中劲竹”的坚韧;既需要“明目”去穿破迷雾,又需要“心定”去化解忧愁;既需要“来去如云”的轻松与洒脱,又需要“翻转似火”的热烈与活泼,等等。崇先是一个具有哲学意趣的诗人。赏其诗,可以引导我们去自觉地悟出和发现生活的至理。

四、大生命:静默澄心方自主,曲成生命自由的诗境

新儒学大师徐复观曾说过:“真正好的诗,他所涉及的客观对象,必定是先摄取在诗人的灵魂之中,经过诗人感情的熔铸、酝酿,而构成他灵魂的一部分,然后再挟带着诗人的血肉以表达出来,于是诗的字句都是诗人的生命,字句的节律也是生命的节律。”这说穿、说透了诗的本质。

崇先的诗,每一首都是他心灵的呼唤,都是他生命的歌吟。他总是用长短句去展现个体生命的博大,用几十个汉字去构设生命的诗意栖居之境。

这种生命的诗意栖居之境,在他那里首先是自由的:

登高不畏难，险处觅青鲜。

来去心中律，自由天地宽。（《赞羊君》）

诗人以羊君之精神的自由，进而产生空间的自由，并以诗人的想象和羊君的理想为依据，使诗意主题直指着生命本质。

这种生命的诗意栖居之境，在他那里总是宏大的：

大山大水大情怀，不到高原何以来。

神圣自然人应觉，再修明世一同开。（《高原行》）

诗人之心应该是“究天人之际，通古今之变”的。崇先始终在用诗人之眼观世、诗人之情察物、诗人之舌言道、诗人之心尽性至命。

这种生命的诗意栖居之境，在他那里最根本的是静默澄心而又自主自信的：

无风无雨又无星，丝柳钓波渔火明。

静待断桥双影现，凭栏吟罢弄琴声。（《西湖印象》）

作诗首先让一种栖居成为诗意的栖居。这应当成为诗人和诗家所铭记的。海德格尔认为靠“诗化”才能使生命能够诗意地栖居在大地上。唐朝著名诗人钱起曾有诗曰：“有寿亦将归象外，无诗兼不恋人间。”作诗才让生命有了意义，才赋予了人生一种存在价值。崇先本人便是一个最好的例证和注脚。

崇先的诗，我以为在构设他个人生命诗境的同时，也在为所有生命建立诗境的空间。他“以诗为性命”而诉说着、寄托着“诗存寄精魂，诗堪托死生”的大道理和大生命。读他的诗，会感到“诗把心灵从现实的重负下解放出来，激发起心灵对自身价值的领会。”（狄尔泰语）

生命存浩气，流韵壮东风。我以为崇先对诗的领会、推崇与实践，已经构成了一种爱的积极价值并进而赋予了生命以深义。

诗有“诗法”。最后，我还想简单说说崇先在作诗手法和技巧上的特点。我认为，有三个突出特点：第一个是用语“直白”。善用当代口语和民间语构建“诗语轴”，而不去追求辞藻华丽，没有刻意用典。这应当成为当代诗者的一种导向。因为，诗的深刻，是思考的深入、思想的深邃和生命的深厚，而不是语言的生僻、生硬和生疏。第二个是气势“雄荡”。如果要归派的话，我以为崇先可归豪放派。许多诗给人一种雄浑浩荡、气势不绝、掠眼摄心之感。我想这既是诗人站在高远处立意而造就的开阔诗境，也是诗人感情充沛、热血沸腾的自然天成。第三个是对比“鲜明”。往往一首诗中，不仅融入了大与小、明与暗、高与下、绿与白等元素，而且把相互之间的落差与对照，尽量拉开距离，拉大比例，在宏阔背景中掠取一瞬、凸现一点，不仅给人以视觉上的冲击，而且通过严格的对仗和优美的韵律，给人以听觉上的震撼，使人不断遐想和尽情回味。

生命是所有人的终极关怀，也是所有艺术家的终极追索。《生命流韵》以诗的特有方式，关怀着人的终极关怀，吟咏着“生”的诗情妙意。

以上，既是对崇先诗作的肤浅认识，也是我对诗的些许陋见。

权且为序。

丁芒

二〇一三年六月廿四日于金陵

（丁芒：国务院参事室、中央文史馆研究院中华诗词研究院和中华诗词学会顾问，中国散文诗学会副主席，江苏中华诗学研究会名誉会长，当代著名诗人、诗论家和书法家。）

辑一

华夏掠影·“人间难遇景如此”

雨夜雁荡

雨烟迷雁荡，
山水两茫茫。
孤石成双影，
无言入梦乡。

林芝印象

西藏何为胜？
林芝山水神。
云蒸霞蔚灿，
涧碧欲销魂。

喀纳斯湖

翡翠当空嵌，
雪山冰上悬。
红杨携绿柳，
白桦映蓝天。

小寨沟

石欲悬天坠，
飞泉万涧流。
绿茵幽曲径，
潭瀑照千秋。

崆峒山

千丈石沙岩，
柏松擎九天。
雄关三圣境，
甘陕一灵山。

草原印象

白云亲碧水，
绿草涌清波。
骏马蓝天跃，
牛羊伴牧歌。

太白山

盘旋千万丈，
半步即青天。
云雨身边幻，
三时四季观。

果子沟过天山

峰回入九重，
一线地天通。
雪泊蓝如镜，
常悬云草中。

壶口观瀑

涛声天外吼，
浪下起云烟。
翻滚奔腾激，
霎时东海间。

刘家峡

呼啸奔腾急，
从东流向西。
碧波依岸舞，
又见母亲奇。

雨夜长江游

夜幕锁金陵，
霓虹伴雨声。
风来同欲醉，
浪过叹英灵。

八月新疆途中

路是一条河，
珍珠撒满坡。
清波摇两岸，
牛马向天歌。

登泰山

壬辰三月，信步登上天下千古名山岱宗南天门。只见天街在云海里浮动，轻纱薄雾，美轮美奂；三门万级，山路盘旋，人车潮涌，犹如彩带舞动；天上人间，直挂齐鲁福地，万象生机，国泰民安，圣境无限。兴奋之际，拙句以记之。

天街云海漫，
岱顶饮甘泉。
彩练通安地，
碧霞辉日圆。

夜观壶口

日落群峰后，
呼声荡万山。
黄龙腾雾起，
一跃到天边。

阳江海陵岛沙滩

银盘海上悬，
脚下浪花掀。
回首思离味，
灯辉身影单。

无题

笔墨总飘香，
篇篇出吉祥。
龙龟双子旺，
元宝伟人扬。

梅关古道听泉

只闻泉韵绕，
不见水何来。
欲往寻源处，
草丛花自开。

过梅岭古道

南岭一雄关，
千年魂不散。
梅风护正君，
顽石留璀璨。

注：这里真实记载有广东第一状元张九龄、苏东坡两度贬谪和陈毅《梅岭三章》等历史故事。

赣州通天岩

一洞通天府，
丹岩藏万金。
阳明归积翠，
来者忘回心。

注：明代著名哲学家、教育家王阳明晚年在积翠岩收徒讲学，忘心岩刻有其五言诗。

赣州八境台

章贡和流处，
东坡八境吟。
今来添一景，
奇石卧楼心。

龟峰

丹岩载绿波，
石石唱龟歌。
梅竹蓝天插，
同心鹤寿多。

连州群峰

天蓝覆白云，
峰翠水连村。
碧海千帆竞，
源清一派新。

纳木措湖

白棉天半挂，
蓝宝跳银湖。
草阔冰山近，
牛羊醉客途。

布达拉宫

云岭耸红楼，
鸟低神鬼愁。
坎沟深石陷[1]，
犹见万人头。

注：①布达拉宫每道门槛前的砖石均被信众和游人踏出深坑。

雁荡山大龙湫

万仞悬天口，
�波石上流。
龙湫重九落，
鬼斧叹为愁。

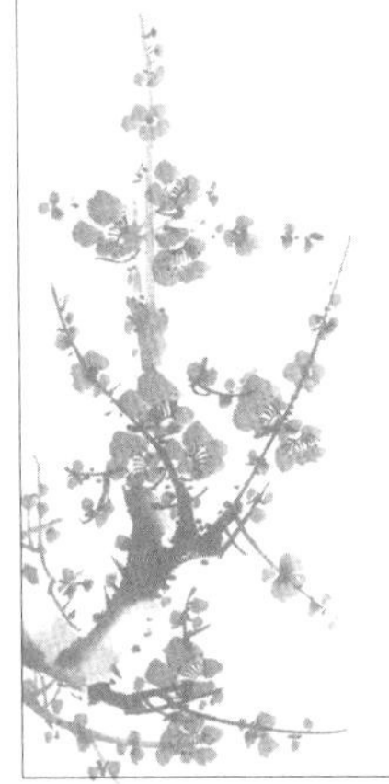

老君山龙峪湾听涛

山间云雾绕，
谷底起涛声。
细雨窗前挂，
月藏风抱亭。

访吕梁

十里青纱帐，
一轮朝日红。
碧波三百顷，
万象吕梁洪。

贵德丹霞（二首）

（一）

碧水出丹霞，蓝天覆绿纱。
白云常驻足，鱼鸟唱心花。

（二）

丹霞映晚霞，红入太阳家。
丰色留人醉，醒来观早华。

张掖丹霞

横空戈壁滩，
七彩映西天。
争艳连珠玉，
出奇排满舷。
刀山升火海，
绸带系人间。
碧水清沙砾，
夕阳难觉鲜。

玉龙雪山

白刃顶青天，
坚冰汇大川。
云从身下涌，
崖自脚边悬。
烈日煎皮骨，
银龙盖石丸。
人间仙境梦，
此处绝尘烟。

过祁连县

羊群山顶跑，
绿草戏牛前。
烟袅黄花上，
溪流农舍边。
丹霞连远雪，
牧女仰高天。
霓彩清风伴，
此行人胜仙。

台东印象

清波遍地流，
海阔解君愁。
椰树槟榔秀，
白云香客游。
梦中佳景赞，
心底厚情留。
两岸思同一，
明天共放舟。

老君山石林

拔地三千丈，
奇林万顷潮。
风吹松叶翠，
雨过笋尖高。
赶路仙班乐，
如来法度操。
唐僧禅坐道，
猴戒悟新招。
狮子抬头望，
马鬃巡地摇。
银蛇缘洞舞，
铁庙驾云飘。
雾现神人隐，
日升霞蔚娇。
春秋生紫玉，
冬夏吐青标。

天柱山

玉柱南天立，
桑田现蹟奇。
常来常不见，
即去老翁嬉①。
鸡唱朝霞至②，
松鸣雾海移③。
金枪吹不倒④，
酥乳育苍荑⑤。
飞瀑追流恋⑥，
钢风退战旗⑦。
谷长溜鼠尾⑧，
阴细得常怡。

注：所注均为天柱山著名景点。

汤山听雨（二首）

（一）

松下花前月，
难闻尘世风。
云飘天鸟语，
偶又念江东。

（二）

远望晴空近嗅松，
清风阵阵入心浓。
忽闻窗外几滴雨，
漫漫琴声已梦中。

七星岩（二首）

（一）

烟雨朦胧晃七星，
如行油画一船萍。
百鸟闻歌荷卧柳，
笑佛常关人世情。

（二）

秀山柔水翠千重，
步变景移图画中。
俯瞰玉人银链舞，
坐听石击雨丝忽。

连州地下河

灵芝莲帐三千座，
龟寿玉龙呈凤翔。
船挤雷鸣惊蝠影，
洞观万象一河装。

龙虎山写意

半天仙迹木凌空，
鹰入鱼腾闻笑容。
放竹泸溪留倒影，
阴阳原是虎龙风。

注：木凌空指悬棺。

包头

脉涌千峰呈碧海，
长街百里聚神财。
五当梵雨飘萧寺，
城有草原祥兽来。

常州即景

龙城三月飞烟，
杏雨桃花气鲜。
天目运河故址，
人欢马跃争先。

贵德地质公园

七彩丹霞神造就，
千人千佛女娲成。
仙山琼阁白云沐，
碧水青纱漫贵城。

乌海草原

乌海草原如海阔，
霞光万道映青波。
牛羊碧水鸟归屋，
车过行前脚下歌。

今日大寨

青山绿水话当年，
大寨英名四海传。
换地开天雄气荡，
如今又现创新篇。

世博园排队

打头黄浦尾昆仑，
鼎沸人声胜鸟云。
接踵摩肩披日月，
争观世博写奇文。

过太行

百里太行千首卷，
青山碧水自成章。
时闻英气荡胸臆，
回望花鲜翰墨香。

武当山

峰峰壑壑泻飞泉，
金顶香烟接九天。
欲跃银龙腾碧海，
武当圣境竞奇观。

银川沙湖

贺兰脚下荡清波，
沙水相融鸟苇歌。
古夏王陵荫后世，
西域依然风韵多。

沙坡头

万里黄河几道弯，
沙坡头上数奇观。
绿洲回水丹霞卧，
飞漠羊筏追大船。

嘉峪关抒怀

漫道雄关留冷月，
清风何日送君还。
故人曾几玉门外，
西出黑山念旧寒。

小西天泥塑悬雕庵

多知黄土生千物，
谁见泥雕万世殊。
没有佛心三百载，
何来天地绘宏图。

青海原子城

遥远地方原子城，
后人竞此拜雄英。
献身科学强家国，
大爱之神助弹星。

赛里木湖果子沟

两山一路绿洲行，
残雪白云传鸟声。
突降碧波天际阔，
拉桥飞入九霄晴。

临沂印象

五水交流润物流，
凤台高筑凤凰酬。
通灵文墨大河壮，
喜见临沂百尺楼。

华山

华山奇险壮如画，
云海松风染彩霞。
白石擎天青墨挂，
谷鸣千里震苍崖。

咏中岳

万千壁仞擎天立，
一片清波映少林。
五岳之尊三界撼，
嵩山壮美九州钦。

鸡公山秀女潭

名山天下有鸡公，
气象千重聚一峰。
毓秀钟灵钢骨韵，
云烟雨雾伴泉淙。

游南通濠河

豪哥豪饮荡濠河，
豪气豪情豪弄波。
江海明珠豪醉处，
胜如赛纳放豪歌。

过陕西铜黄

云雾茫茫银色漫，
千峰万壑尽霜天。
人间难遇景如此，
十月高原绽雪莲。

敦煌石窟

大漠银沙佛窟情，
浑成天地蕴民生。
千年超度益三界，
文萃精华万国惊。

无锡宜园

万家灯火镜中镶，
两岸风光达九江。
圑氿烟波心底韵，
涌来诗句用船装。

溧水东屏湖

一揽碧波摇众山，
清风扑面觅空帆。
四周无语又无迹，
江南还有此番天。

日月潭（二首）

（一）

潭边观对岸，
细雨夜难眠。
带水同根暖，
姻缘梦海湾。

（二）

玉潭碧水捧蓝天，
日月传神成自然。
生态文明人要觉，
满山翠柏映红颜。

台北至花莲途中

悬崖直立三千尺，
一色水天无际余。
断壁飞泉流彩玉，
青蓝滴翠赞云殊。

台湾太鲁阁大峡谷

翻山穿洞九重天，
百丈岩崖头上悬。
呼啸流沙冲远谷，
蹁跹舞石过飞泉。
凌空琼阁春潮涌，
俯首白云秋月圆。
太鲁峡威神鬼泣，
台湾宝岛蕴奇篇。

帕米尔咏叹（二首）

（一）

蓝空白絮笼冰山，
碧草清风净澈天。
百鸟群羊迎远客，
祥和静美入桃源。

（二）

冰山草地高原路，
红土白云明画图。
牛马毡房常现影，
炭沙雪片瞬消湖。
石城[①]遗事唤游客，
旱獭留光惊鬼狐。
万壑千峰登九顶，
红旗拉甫[②]抱天书。

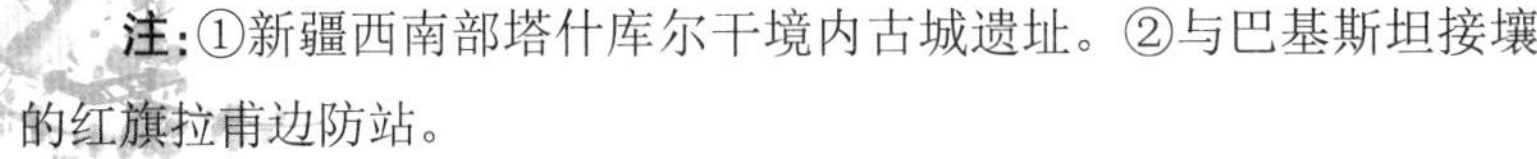

注：①新疆西南部塔什库尔干境内古城遗址。②与巴基斯坦接壤的红旗拉甫边防站。

林州大化石奇观

万叠千层扑面来，
五颜六色碧波台。
远观块块黄金砌，
近看条条玉带裁。
一触石花心欲出，
三餐无味梦中俳。
红河大化神州宝，
惊见太行超柳材。

注：20 世纪 90 年代后期发掘的广西柳州红水河大化系列观赏石，如同历史上著名的四大奇石安徽灵璧石等，不仅是华夏瑰宝，也是世界奇特的文化遗产之一。

神农架览胜

百年胜地叹神奇，
风物相融安自宜。
流水潺潺滢古道，
花香阵阵醉新枝。
云桥凌跨两峰立，
飞燕轻穿一水提。
深谷挺扬千尺剑，
板岩铺垫万堆泥。
冰山箭竹柏松翠，
雨雾云烟草木怡。
未见野人常顾盼，
不时回望帝炎旗。

西行歌

李蒋胡韩岳鲍彭，
陈张胥廖孟徐行。
千唐墓志蛰庐记，
虢国追寻羊脂功。
广胜琉璃元画印，
大槐树下百家逢。
小西天上泥雕撼，
壶口涛声荡谷鸣。
为谋存身坡里避，
延安宝塔正光明。
沙湖波映贺山雪，
古夏王陵荫后生。
金漠羊筏伴绿草，
雄关嘉峪抵凶风。
酒泉威武安邦稷，
额济黑城石打钟。
临泽丹霞新一绝，
祁连长卷鬼神惊。
刘家峡壮观清浊，
翰墨兰州民乐情。

圣境崆峒灵福地，
仙人麦积佛悬峰。
青铜铸就黄河韵，
园博之低怀浦东。
太白四季三时现，
净土法门无二诚。
挥汗攀登华岳顶，
归途双脚腿腰松。
饱尝塞外奇丽景，
又进友深工作朋。
回首万余颠簸路，
两刀开后指还疼。
多亏军弟妙春手，
化忧添娱豪气增。
吟罢诗篇心自问，
此程过后是何程？

注：公元2011年8月1日至13日，首次组织县区工会主席西行学习考察。李修芹等十余人，先后赴银川、兰州、平凉市总工会及酒泉卫星发射基地交流考察，并顺道观赏了十几处历史人文和自然景观，感慨甚多，心潮激越，故得西域行吟40首。此歌为应诸位同行之作，亦是西行之小结也。开头两行是将同行者姓氏各取一字融于其中也。

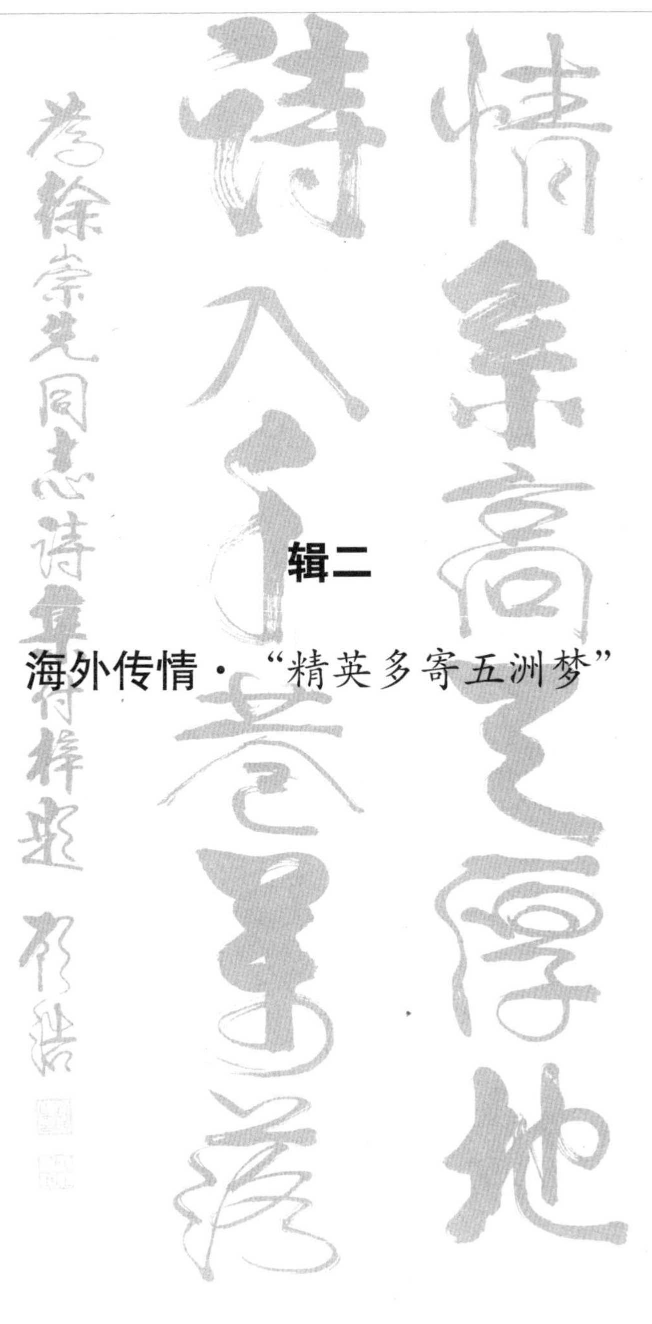

辑二

海外传情·“精英多寄五洲梦”

柏林枫叶

昨日满枝头，
今朝遍地流。
叶黄明日少，
早起抱金秋。

西欧行

英德伴君行，
金秋入画屏。
朝朝生美意，
处处尽观情。

游剑河

静静小河流，
长长一叶舟。
牵心鸭两只，
放梦到桥头。

剑桥大学

小镇大学城，
书声伴水声。
英才惊四海，
寰宇数明星。

澳洲赠语

同源华夏根，
今是异乡人。
报国无家外，
争标民族魂。

观大阪海游馆

游戏不相残，
类同归本原。
雌雄无大小，
和处自然安。

微斯汀酒店观大阪夜景

抬眼银河降，
平身入海洋。
梦回三日事，
一醒到家乡。

俄罗斯胜利广场抒怀

碑耸三千丈，
凯旋遮日光。
妇孺皆战士，
热血沃天荒。

忍饥观赏苏伊士运河

船挤风难透，
更添饥腹愁。
浪花飞两岸，
席地似行舟。

太英河酒店

窗下有条河，
床前观海波。
潮来潮又去，
日出雨鸥歌。

柏林议会大厦光明顶

一步一层天，
环球八面观。
光明源战后，
人类爱平安。

地中海观涛

浪花牵我手，
海水涌君怀。
不忍离伊去，
转身诗又来。

阿联酋

一塔耸云端，
百花开满园。
清真传万世，
棕榈铸奇观。

迪拜

沙漠矗金楼，
召来人若流。
石油彰国力，
创造永无休。

开普敦

看如一堵墙，
其实千层浪。
心越大西洋，
乡情穿海望。

好望角

卧石雄狮吼，
海鸥头上旋。
浪花千道涌，
一击九重天。

桌山

雾锁桌山胜若仙，
云开九顶菊花鲜。
霞光万道金蛇舞，
浪击礁岩升白烟。

豪特湾

看似无规却有规，
风推浪涌不头回。
峰高谷底待翻转，
海豹三千一石归。

南非

夜採白云星欲垂，
昼追绿影马牛肥。
蓝天碧水牵君手，
家国梦中召我归。

新加坡

花芭山顶览狮城，
百载渔村世界名。
法儒同行勤实践，
自强不息必天成。

大堡礁船上

太平洋上船如箭，
飞起浪花三丈三。
裂岸惊涛千朵雪，
天蓝水碧万重山。

尼罗河遐想

波光闪闪吐明珠，
金字塔成千古殊。
天梯之途今可在？
神灵尽看浪花符。

北欧感赋（二首）

（一）

不见田禾不见猪，
人间烟火望中无。
千山万水重重绿，
哪是良师哪是书？

（二）

遥观万里尽成酥，
半是青山半是湖。
至此更知生态贵，
伏沙为宝聚明珠。

冲绳万座毛观瀑

风推浪涌千堆雪，
天外雷声震耳河。
黑白绿蓝相对出，
琉球虽小胜名多。

题狮身人面像

千古风云两眼装，
人狮合一智威双。
斑痕透视文明泪，
沙石永存天地长。

富士山

久闻富士拜真颜，
浓雾涵封一线天。
游客常来常不见，
心痴未必有姻缘。

泰晤士河畔

塔入云端映大钟，
兰桥魂断系苍穹。
精英多寄五洲梦，
泰晤河边看劲风。

飞机上观阿尔卑斯山脉

峰峰跌宕远天际，
谷谷相连漫海余。
冰雪如鳞千卷撒，
轻歌恋舞逐中娱。

月亮湖

2009 年 1 月 8 日，由维也纳赴萨尔斯堡途经月亮湖、圣沃尔夫岗湖，但见冰雪世界，水鸟成群，日月隔湖对映，一派寒冬美景，感而所得。

隔湖日月辉相映，
山水冰凌草木融。
鱼鸟紧随寒气却，
佳人长寄梦魂中。

萨尔斯堡早晨

“东方弦魂”胡琴音乐会在金色大厅成功演奏后，2009年1月8日赴徐州友城雷欧本途经莫扎特故乡萨尔斯堡。9日晨推窗远眺，见晨曦初露，雪映朝阳，整个古城沐浴在万道霞光之中。

一轮红日照寒山，
万道霞光来眼前。
古堡有心留客梦，
弦魂飘过入桃源。

辑三

名胜留踪·“始祖人文济众生”

太昊陵

欲知尧舜来，
太昊苑中排。
物种人蛇出，
常登始祖台。

广胜寺

琉璃耸霍山，
广胜越千年。
玉液潆神庙，
画元留大观。

注:广胜寺位于洪洞县城东北 17 公里的霍山南麓，七彩琉璃塔精妙绝伦，建于东汉建和元年(147 年)，元大德七年(1303 年)地震毁坏后重建，有上下两寺和水神庙。水神庙应王殿内四壁绘有近 200 平方米的元代壁画，目前为全国唯一保存的大型元代戏剧壁画，1998 年编入《中国历史》教科书。

灵山寺

古刹隐深林，
灵山袅佛音。
天人同圣境，
泉水响鸣琴。

千唐志斋（二首）

（一）

千唐墓志铭，
字字扣心灵。
没有张钫蛰，
何来万世情。

（二）

千唐墓志魂，
皆颂伯英人。
不慕官高贵，
唯扬民族神。

注：千唐志斋是我国唯一的墓志铭博物馆，位于河南洛阳新安县铁门镇西北隅，是辛亥革命元老、第二届全国政协委员张钫(字伯英)先生隐居时兴建。斋中镶嵌墓志、碑碣1419件，其中唐代墓志1191件，被史学界称为“石刻唐书”。康有为为其题名“蛰庐”。

月下个园

银光洗个园，
竹影透阑珊。
足下飘黄叶，
佳人丑石眠。

坎儿井

双渠通竖井，
引露溉桑田。
戈壁生源穴，
人文始祖先。

过长安

风雨满长安，
分清泾渭难。
古都云雾漫，
圣地寓奇篇。

今日克拉玛依

城市是森林，
碧波裁白襟。
区街无垃圾，
遍地冒黑金。

义

——应邀题写河南少林寺诗碑

英雄扬正气，
华夏育忠魂。
赵氏孤儿重①，
桃园香火纯②。
棍僧扶德运③，
烈女塑真仁④。
取义千秋颂，
丹心万代尊。

注：①赵氏孤儿故事；②刘关张桃园三结义故事；③十三棍僧救唐王故事；④东北抗日联军八名女英雄投江义举。

谒黄帝陵

苍松翠柏荟英灵，
始祖人文济众生。
百丈仙台存浩气，
五洲龙脉永相承。

谒醉翁亭

流星璀璨瞬间逝，
天下官翎开几时。
清正为民文九斗，
人间永恋国魂枝。

大昭寺

日众三千拜圣灵，
烛光八百敬文成。
和亲利国为民举，
万客前来诵此经。

悬空寺

恒山悬寺寺悬空，
万丈层岩气象雄。
神鬼皆惊人叹止，
千年道佛势无穷。

虎跳峡

巨浪滚翻冲大川，
势如破竹卷青烟。
惊涛裂岸穹将坠，
一石中流擎九天。

登白石峰

山回路转万千盘，
直逼苍穹向九天。
登上巅峰观岭小，
俯身沧海看云闲。

乌鲁木齐至喀纳斯地貌奇观

蓝天一顶地千象，
流水高山画万张。
涌动乌金连碧草，
牛羊犬马奏华章。

瘦西湖

细柳依依画里游，
琼花玉树两风流。
怡春廿四虹桥月，
湖瘦瘦船人瘦羞。

坎布拉

丹霞入水映蓝天，
雨打孤船醉若仙。
坎布拉巅寻万籁，
黄河始见碧波源。

老子悟道处

天生一洞朝阳谷，
老子炼丹千载殊。
圣母轻舟游石海，
仙桥人煮道然图。

红石峡

红岩万丈入云端，
碧水千层润沃田。
偶尔回身观峭壁，
清风携瀑抱流泉。

天坛大佛

云烟绕日佛光融，
碧海连天映九龙。
港仔向来朝北斗，
回归尤恋拜禅宗。

何园片石山房月

一轮明月水中镶，
万客千年望断肠。
总寄天人圆美梦，
石涛远卓叠山房。

注：石涛系清初著名山水画家、叠石大家，片石山房设计构造者。

西湖印象

无风无雨又无星，
丝柳钓波渔火明。
静待断桥双影现，
凭栏吟罢弄琴声。

三清山览胜

观音赏乐列奇端，
玉女开怀宇宙颠。
巨蟒出山千海动，
猴王探宝万峰闲。
司春神女传情爱，
孟夏痴仙吟冷婵。
仪立双鹅留远客，
三清真谛在人间。

延安西柏坡学习考察归来

山川壮美人同美，
青史常留正气魂。
功绩铭标千载卷，
精神传遍五洲云。
抗争踏出长征路，
开放招来满眼春。
科学领先思奋进，
中华崛起又乾坤。

初上黄鹤楼

汉阳夜入晓观楼，
黄鹤杳然踪未留。
沙浪滔天烟滚滚，
龟蛇匿水影悠悠。
凭栏难见云空碧，
迂岸常闻鸥鹭愁。
三镇何时更气境？
楚江横渡再来游。

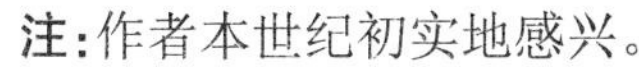

注:作者本世纪初实地感兴。

骆马湖游记

青山绿树碧波中，
红曲丹心赤子风。
缕缕金光歌画舫，
排排银燕舞长空。
石音亲友饮湖乐，
情侣官兵论业丰。
东海先强千里志，
人间大道起苍穹。

陪友人游安徽萧县皇藏峪

古木参天枝叶茂，
盘根错节数龙蛟。
苔滑林密甘泉溢，
鸟艳蝉高花草娇。
皇洞藏王飞石掩，
蜘蛛吐线大灾消。
剑扬液涌千军济，
床卧松听百佛摇。
行此焉能无雅兴，
金陵三友一挥毫。

《印象刘三姐》印象

天垂大幕三千丈，
烟雨漓江秀色长。
句句山歌飘岭过，
条条汉子捕鱼忙。
珍珠串串银光耀，
火把熊熊金线煌。
划动竹排潮浪起，
放飞秋月玉娥扬。
牯牛晨露唱霞晚，
横笛牧童归故乡。
刚见河边藤绕树，
小船送走俏新娘。

辑四

彭城放歌·“大彭琴舞颂新明”

题《品牌徐州》

大风歌万里，
彭祖九州奇。
徐海龙飞地，
古今寰宇知。

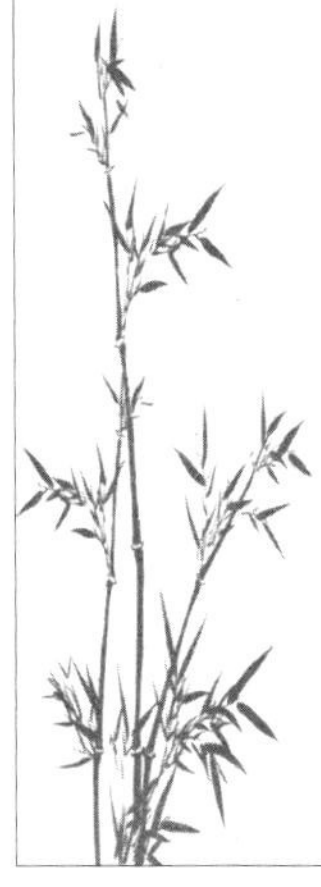

咏徐州下水道四班

素手揽污泥，
红颜地下奇。
四班天上月，
常伴万家祺。

徐州工会组织建立八十八周年暨市总工会成立六十周年抒怀

长风扬万里，
破浪一朝时。
踏遍天人路，
归来颂党诗。

徐州第二届端午论坛口占

碧水载红楼，
抚琴怀楚忧。
南湖闻一曲，
今看万舟游。

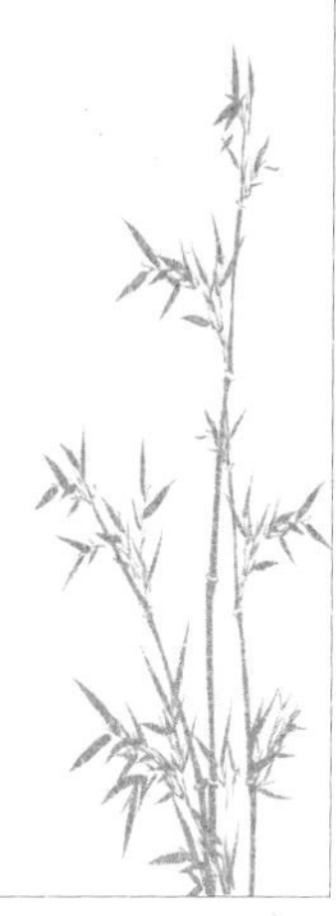

彭园樱花节暨万人相亲会

粉黛三千顷，
香飘万里缘。
相亲花更艳，
移步涌诗泉。

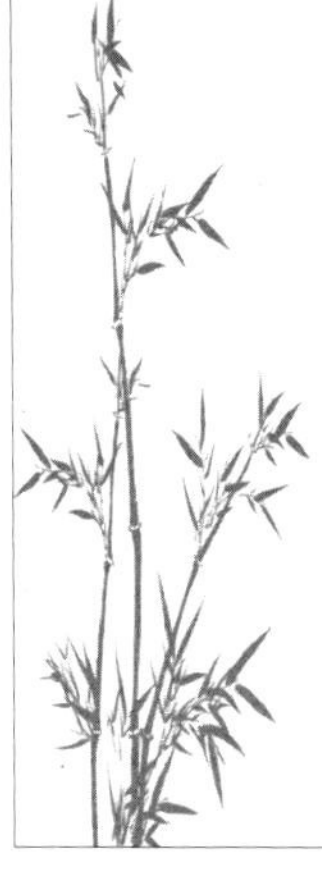

东坡花园

风来君影动，
雨过月明空。
松柏银装裹，
朝阳万里红。

题徐州东山寺诗书画展

东山诗画兴，
字字应禅鸣。
苦乐人间事，
箫声伴日升。

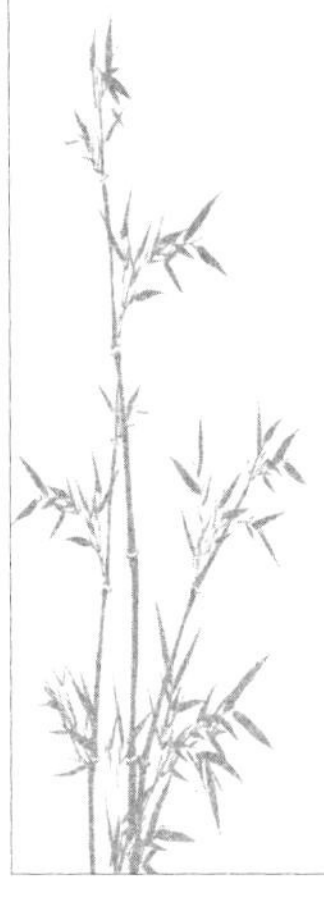

赠沛县安国镇中心小学

诗教千家乐，
人才万代多。
沛公辉后世，
永唱大风歌。

铜山新貌

青山碧水连，
红瓦袅炊烟。
乐业康居寿，
文明生态园。

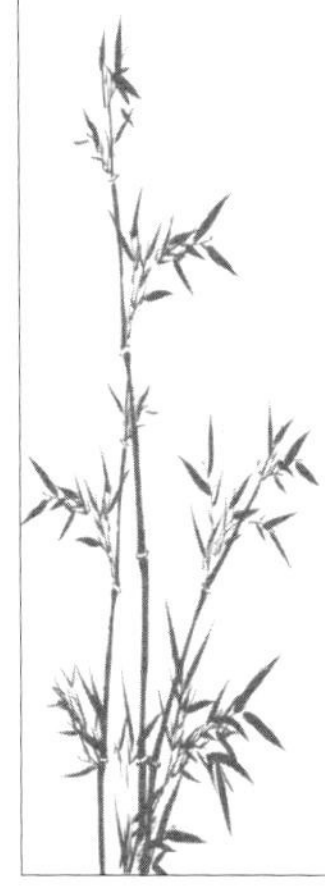

中国胡琴艺术博物馆偶得

墨香飘世外，
琴韵入心来。
两汉生千味，
彭城花自开。

贺徐州市公园巷小学百年

百载禾苗壮，
公心托旭阳。
园香飘四海，
巷誉五洲长。

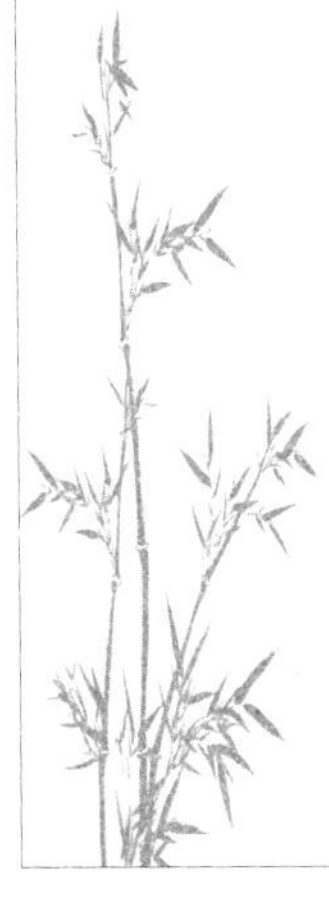

赞云龙湖北大堤十里诗词灯廊

人在诗中走，
鱼儿画里游。
云龙吟鹤舞，
天地共时悠。

徐州九里火花村桃花源休闲农庄（二首）

（一）

九里西南处，
桃花四季妍。
果香留万客，
鱼跃月儿圆。

（二）

当今何处是桃源，
九里火花芳满园。
陶令乘风寻故至，
抛竿弃种弄琴璇。

注：火花村桃花源休闲农庄位于徐州九里山西南，占地千余亩，桃花清泉，果香鱼跃，小桥流水，田园风光，四季怡然，令人神往。

题丰县实验小学诗风

诗意童年佳句多，
放飞理想绚天河。
气华坚步成才路，
遍唱大风新世歌。

季子挂剑

季子美谈源挂剑，
守诚本自内心田。
徐君仁义九州慕，
天下永传情信篇。

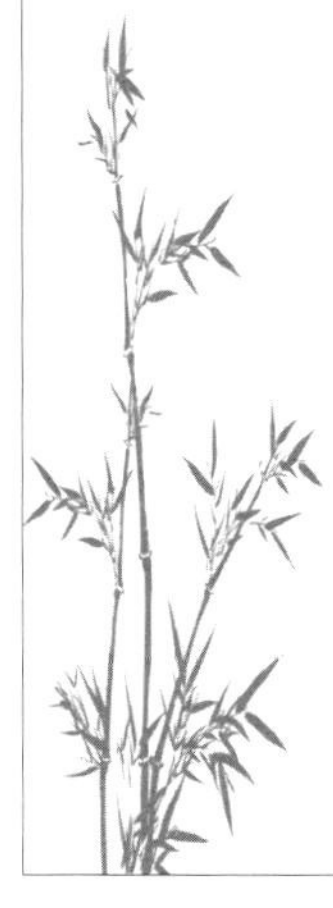

赞留侯张良

三进履黄赢素经，
一推紫帐汉朝兴。
千磨铁定报韩志，
万户红侯弃后行。

今日贾汪

煤灰散尽聚蓝云，
马路街区气象新。
山水清幽人向上，
经文兴盛颂阳春。

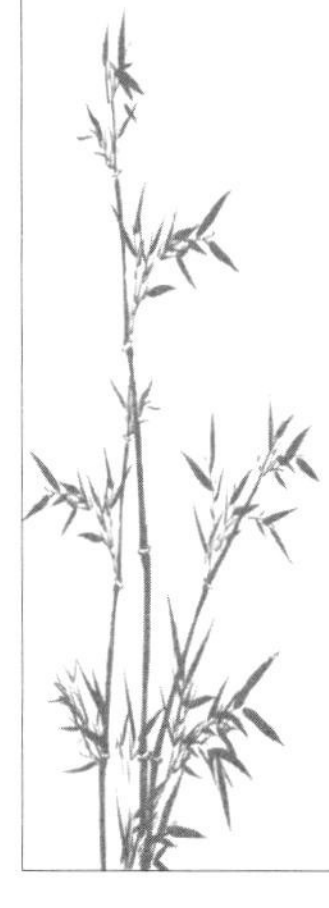

云龙写意

一色杏花千载吟，
云龙山下景常歆。
东坡虽与鹤同去，
风映湖光照古今。

咏徐州万亩荒山绿化造林

万顷荒山变绿洲，
民心所向聚峰头。
千秋功业谁铺就，
生态和谐春涌流。

九里山植树

九里山前如战场，
三千英少造林忙。
彭城大地春常绿，
不见当年旧戟枪。

贾汪第三届桃花节即兴

千枝万朵映红妆，
一碧湖波戏鸟翔。
今日督公多惬意[①]，
潘安花动丽人香[②]。

注：①督公山。②潘安湖。

北京彭城两汉文化艺术交流中心成立抒怀

群英荟萃动京容，
楚韵汉风南北浓。
自古徐州多俊杰，
而今华夏舞长龙。

『春到云龙』诗会偶得

春到云龙处处春，
新山新水焕新人。
风鸾共舞鱼花放，
桃柳吐诗众献珍。

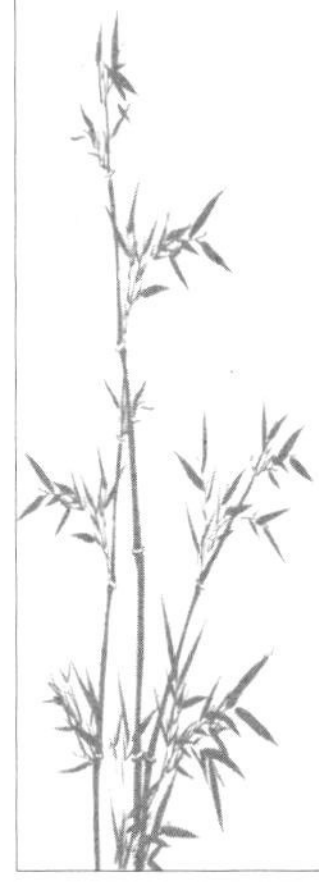

伏羊节

越野盘山为一羊，
千杯万盏话君长。
圣泉寺上重相会，
还是当年那炷香。

题徐州汉王诗书画院

青山三面一书院，
花草碧波诗自然。
张氏家兴窝里旺，
汉王今又展新颜。

注：张氏指张世龙，江苏兴隆房地产开发集团有限公司董事长，徐州市诗词协会副会长。

中华第一龙

自古彭城列九州，
龙腾虎跃几千秋。
与时俱进开新路，
团结争先竞上游。

注：1999年彭楼区组织的迎澳门回归龙舞表演在江苏省夺冠后赴京参赛，获最高荣誉山花奖，并于天安门、世纪坛、八达岭长城等多处展演，受到党和国家领导人检阅。

忆鼓楼

老城六载绘新篇，
移水搬山多变迁。
三战辉煌人立鼎，
一流繁盛势擎天。
江陵八岭神龙舞，
内港千樯碧浪欢。
商贸惠民兴万代，
红星闪烁奏和弦。

注：作者曾在徐州市鼓楼区工作近六年。1998 年实施区发展中心北移战略，展开行政中心北迁建设商圈、白云山改造及三路两桥兴建等重大项目，时称“三大战役”。“神龙”指舞龙大赛，在《中华第一龙》诗中已有注解。引进金地商都、红星美凯龙等现代大型商贸企业，造福一方百姓。

题徐州东坡运动广场并云龙公园敞园

云龙两翼添新彩，
苏轼贺诗天上来。
燕子飞檐迎远客，
高山滑雪展雄才。
银球传递五洲爱，
足印常留四海台。
波碧连空鱼跃竹，
柳桃荷鹭伴阳开。

注：市委市政府在云龙山东坡兴建市民健身休闲广场，同时开放并扩建云龙公园，重修燕子楼。东坡广场建有徐州体育名人雕塑和足印，彰耀世界冠军风采。

徐州新胜咏

云龙九里[①]两河[②]清，
三铁[③]四环[④]高速行。
常恋六湖[⑤]宾客影，
渐开七场[⑥]市民情。
荒山尽绿强来世，
月夜皆虹吟古城。
棚户万千居所乐，
大彭琴舞颂新明。

注：①云龙山、九里山。②黄河、奎河。③京沪、陇海线及京沪高铁。④市区一、二、三、四环路。⑤云龙湖、大龙湖、九龙湖、金龙湖、九里湖、小南湖。⑥新建的东坡运动广场、规划馆、徐州艺术馆和整建开放的云龙公园、彭祖园、名人馆、中国胡琴艺术博物馆。

云龙山抒怀

信步云龙望古州，
烟尘弥漫气横流。
项王戏马江山失，
刘季歌风天地收。
鏖战台庄华夏奋，
陈兵淮海政权酬。
民心兴国良骧济，
九曲黄河鸣不休。

咏彭城

兵山圣水古徐州，
逐鹿争雄岁月稠。
戏马歌风成汉韵，
抗倭驱蒋定金瓯。
烟尘洗却黎民泪，
福寿珍弥彭祖楼。
鹤燕常萦苏塔秀，
云龙起舞又春秋。

注：兵山，指九里山、子房山等；圣水，指京杭大运河、拔剑泉、吕梁洪等。

辑五

艺德琴心·“画印诗书歌盛世”

贺第二届中国书法兰亭奖徐州获奖作品展

满纸云烟气，
寸方千象生。
彭城骄子育，
岁岁出兰亭。

贺《中州多宝艺术馆》开馆

中原多艺宝，
华夏悦之骄。
逐鹿千程外，
提心索一毛。

情人夜

与汝作情人，
凌晨寻梦魂。
五更灯火后，
君笑是诗温。

北京奥运会感赋

京城逢奥运，
人类共观奇。
竞技和平伴，
大同将有期。

题孔伯祥《逸韵集》

一孔环球视，
伯生千种情。
祥云常拂众，
逸韵满天星。

注：孔伯祥，徐州市诗词协会副会长。

题《七彩人生诗集》

人生三百色，
诗韵万年青。
永赞人中杰，
更扬诗画情。

观于红梅演奏《红梅随想》

台上一红花，
香飘千万家。
报春寒未尽，
梅骨傲天涯。

注：于红梅，女，山东济南人，著名青年二胡演奏家，中央音乐学院民乐系主任、教授，中央民族乐团客席独奏演员。

贺中国音协二胡学会成立三十周年

三十铸辉煌，
千年耀国章。
九州弦昌运，
四海遍琴芳。

『舞动汉风』徐州民间文化社团迎新春联谊会即兴（二首）

（一）

人心是汉风，
智力寄民中。
万众宏图绘，
文明又一峰。

（二）

谁舞汉风千万里，
又闻一代古彭兴。
民心浩荡云龙起，
不老黄河天际鸣。

观2006年徐州新年音乐会 荷兰皇家交响乐团演出

境外清音华夏情，
中西合璧颂和平。
管簧丝竹交相映，
鸾韵凤声扬古城。

咏中国徐州首届国际胡琴艺术节

十里胡琴万里情，
千年盛会古彭城。
汉魂楚韵传天下，
淮海挥师举大鹏。

注:中国徐州首届国际胡琴艺术节于2004年10月在徐举行。举行了“汉魂·乐神出行”花车巡游活动，100多位当代二胡名家和千名业余爱好者聚集徐州，倾情演奏，规模宏大，精彩纷呈，并创造了规模最大的二胡现场演奏吉尼斯世界纪录。

汉魂（二首）

——贺《汉魂》荣获中国徐州第二届国际胡琴艺术节二胡新作品创作一等奖

（一）

盘古开天汉骥鸣，
万般苦难死还生。
抗争洗尽千年泪，
华夏辉煌向复兴。

（二）

一曲汉音萦五洲，
百川响彻太平秋。
千年奋斗文明铸，
万世风标天地留。

太湖琴声

灯光渐淡琴声远，
夜半湖波未入眠。
蠡子西施门外望，
二泉溢出百花园。

人物画

——悟中国著名人物画家梅凯先生作品

赵钱孙李郑王周，
芳味墨痕心上留。
梅骨松风天地韵，
凯旋漫舞写春秋。

注：藏头诗。赵芳系画家梅凯夫人。

扬州明月茶楼

明月楼中奏二泉，
江河水里觅悲欢。
蹉跎五十向天笑，
前路一琴和百弦。

观麻凡先生书画展

挥毫气势写苍生，
气象万千方寸呈。
天地气吞风骨韵，
气昂翰苑梦魂惊。

注：麻凡，号世外散仙，江苏沛县人，现为南京市博物馆专职金石书画家、鉴赏家，南京大学兼职教授，国家一级美术师，被誉为当代书坛小篆第一人。

徐州国际胡琴艺术节
于维也纳金色大厅成功宴上口占

飞越千山播国魂，
弓弦惊遏五洲云。
金厅常奏胡琴曲，
律润东西无战纷。

注：中国徐州第三届国际胡琴艺术节2008年12月先于北京音乐厅举办首场“东方弦魂”音乐会，党和国家领导人及首都千余名乐迷陶醉其中。2009年1月7日、9日和13日，“东方弦魂”音乐会分别于奥地利维也纳金色大厅、雷欧本市和徐州市奏响，把胡琴这一中华民族优秀传统音乐形式推向了新的世界高峰。

辑六

亲友赠答·“题联书赠吟坛静”

魏礼群先生五十年第一次回乡度中秋

月到故乡明，
亲人共日升。
礼群家国报，
五十沐秋情。

注：魏礼群，江苏睢宁县人，原国务院研究室党组书记、主任，国家行政学院党委书记、常务副院长。

师魂颂

——纪念苏辛洁先生仙逝十周年诗词吟诵会口占

日月星辰玉，
梅兰竹菊虹。
烛光松柏雪，
冰石露云峰。

注：苏辛洁，号希夷斋主人，江苏省徐州市人，徐州知名的诗词教育家、书法家，原徐州市诗词协会副会长。

2009年重阳『秋色赋』诗茶会即兴

半月空中挂，
秋香进万家。
品茶清水岸，
诗染九州霞。

彭城先生生日席间见赠

多年逢盛会，
声乐赠彭城。
千盏何知醉，
一看全是情。

注：赵彭城，原徐州市政协副主席，市诗词协会名誉会长，文史学家。

赠张世平女士

世崇真善美，
平德漾春升。
雅量三江水，
正明千韵兴。

注：张世平，北京市人，现任十一届全国政协委员，全国政协社会和法制委员会委员，全国总工会副主席、书记处书记、党组成员。

赠于汉郭翔川夫妇

窗外松千棵，
房中一把琴。
常圆昔日梦，
更惜眼前音。

注：于汉，江苏徐州人，著名二胡演奏家，现任南京艺术学院、音乐学院副教授。郭翔川，于汉先生夫人，中国著名扬琴演奏家，南京艺术学院教授。

端午节暨果光法师《禅月无声》首发式即兴

诗节贺诗音，
无声禅月心。
鹤归龙又起，
屈子驾风临。

注：果光法师，山东郓城人，1988 年 9 月于陕西耀县大香山寺出家，现任徐州市云龙山兴化寺方丈，徐州市佛教协会会长，江苏省佛教协会副会长，中国佛教协会理事，出版格言集《大道无言》和诗集《西行漫吟》、《禅月无声》等。

徐州云龙山兴化寺首次禅诗笔会口占

赏罢五洲琴，
禅诗入耳吟。
云龙兴化境，
常育万家心。

会友

石城无事做，
酒亦未哈多。
归遇三方客，
杯空一片河。

赠宋飞女士

宋戴中原韵，
飞扬四海情。
琴声寰宇织，
美味万年萦。

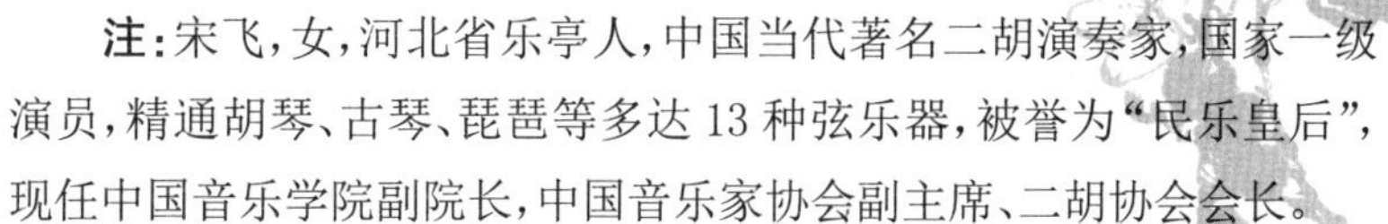

注：宋飞，女，河北省乐亭人，中国当代著名二胡演奏家，国家一级演员，精通胡琴、古琴、琵琶等多达13种弦乐器，被誉为"民乐皇后"，现任中国音乐学院副院长，中国音乐家协会副主席、二胡协会会长。

参观青海省藏文化博物馆和塔尔寺兼赠华珍女士

心诚万物真，
功到自然神。
青藏人文圣，
中华博大珍。

注：华珍，女，现任中共海南州委常委、州纪委书记、州总工会主席。

有感凌启鸿老省长抓诗教

幼立凌云志，
启航朝太阳。
鸿高天地阔，
诗化国人强。

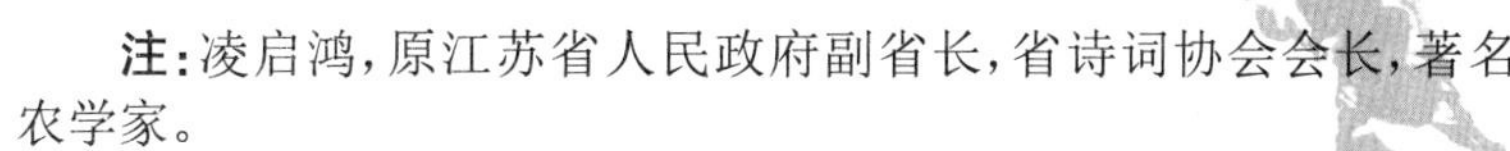

注：凌启鸿，原江苏省人民政府副省长，省诗词协会会长，著名农学家。

赠张艳女士

中秋圆月时，
唯系母心知。
辞别霓虹宴，
人人颂艳痴。

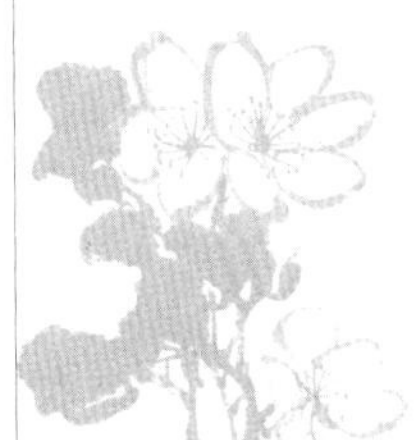

注：张艳，江苏省人大副主任、党组副书记，中华全国总工会主席团成员，江苏省原总工会主席。

赠程大利先生

大师知若河，
利国惠民多。
先韵生真谛，
雅章传正歌。

注：程大利，中国美术家协会理事，中国美术出版总社总编辑，人民美术出版社总编辑，中华民族文化促进会常务理事，中国画艺委会委员，全国美展评委。被聘任为国务院参事、中央文史研究馆馆员。

痛悼陈保华先生

噩梦至南非，
云低星欲垂。
玉环失巨子，
徐地累英灰。
陈弟阳高志，
保兄才九魁。
中华多俊杰，
神鬼泪如飞。

注：陈保华，浙江玉环县人，原徐州金地商都集团有限公司总裁。

沉痛悼念安如砺先生

安如磐石洁如松，
砥砺锋芒待鞘中。
严谨学知琴德厚，
汉宫未了并天宫。

注：安如砺系中国音乐学院教授，著名二胡演奏家，蒋风之先生亲传弟子，中国音协二胡学会会长，代表曲目有《汉宫秋月》等。2010年6月2日因病逝世。

赠孙家正先生

文实兴邦强子孙，
千秋万代国家新。
和谐盛世天人愿，
正道沧桑是此君。

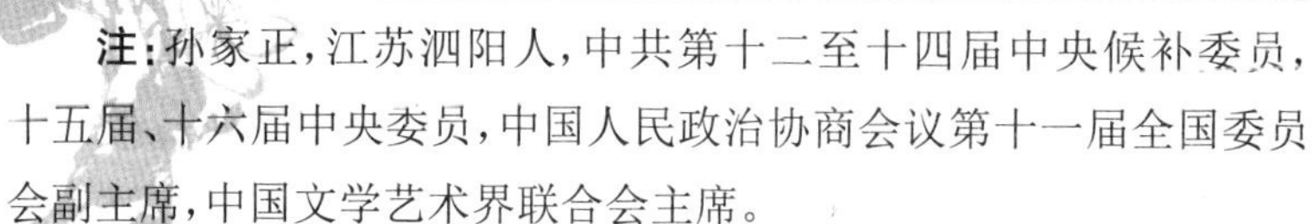

注：孙家正，江苏泗阳人，中共第十二至十四届中央候补委员，十五届、十六届中央委员，中国人民政治协商会议第十一届全国委员会副主席，中国文学艺术界联合会主席。

依韵和李锐老先生赠诗

作诗最贵得诗魂，
浪地夸天不失真。
善恶是非心底律，
立根原在效仁人。

注：李锐，毛泽东前秘书。历任湖南日报社社长，湖南省委宣传部部长，电力工业部部长助理、党组委员兼水电建设总局局长，电力工业部党组副书记，副部长兼基建工程兵水电指挥部政委，国家能源委员会副主任，党组成员。

2006年元旦呈晨崧先生

夕洒晨辉崧未闲，
琴心剑胆气如兰。
彭城三下播花絮，
淮海飞春诗满园。

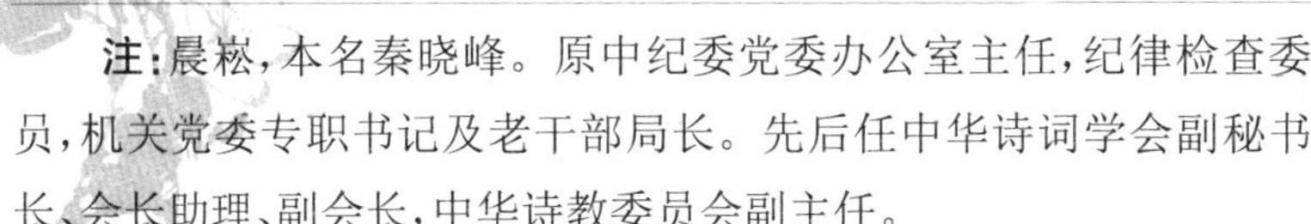

注：晨崧，本名秦晓峰。原中纪委党委办公室主任，纪律检查委员，机关党委专职书记及老干部局长。先后任中华诗词学会副秘书长、会长助理、副会长，中华诗教委员会副主任。

呈百岁寿星袁晓园先生

百年圣寿赛朝阳，
千载神州一栋梁。
仁爱襟怀寰宇播，
中西文萃著华章。

注：袁晓园，1902 年生，曾任第六届、第七届全国政协委员，曾任民革中央监委、北京国际汉字研究会会长、北京国际书画研究会会长、美国新泽西州西东大学教授。是中国第一位女税务官、中国第一位女外交官。著有《晓园书画册》等。

呈林从龙先生

千山万水拜师翁，
一路豪情沐惠风。
天命更知诗路远，
投林崇圣即从龙。

注：林从龙，湖南宁乡人。曾任河南省文史研究馆馆员，《中原文史》主编，中华诗词学会顾问，河南诗词学会会长，中华诗词文化研究所所长，中国民族艺术家协会学术顾问。享受政府特殊津贴。

赠二胡大使周维先生

周游列国播胡勤，
维地经天撼鬼神。
大使音姿留四海，
家风依旧是华人。

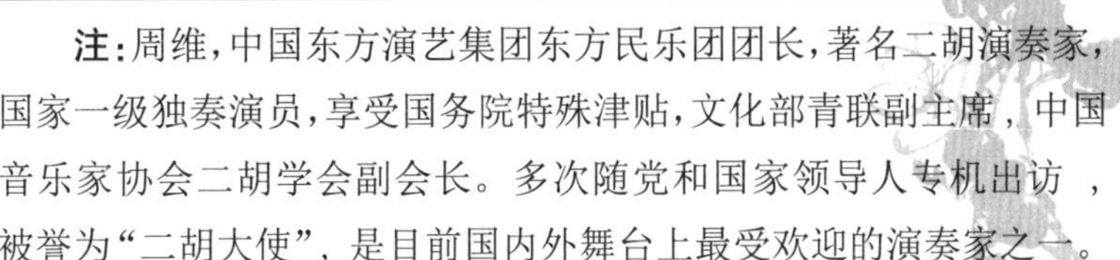

注：周维，中国东方演艺集团东方民乐团团长，著名二胡演奏家，国家一级独奏演员，享受国务院特殊津贴，文化部青联副主席，中国音乐家协会二胡学会副会长。多次随党和国家领导人专机出访，被誉为“二胡大使”，是目前国内外舞台上最受欢迎的演奏家之一。

姜舟先生72岁龙年寿辰贺宴口占

江山万里话龙头，
四海千帆心作舟。
梅竹诗书桃李醉，
圣泉饮罢驾风游。

注:姜舟，江苏师大美术教授。2012 年 2 月 14 日，金德欣、周长海、侯学书、李素、王朝栋等一行于萧县圣泉寺上为姜舟先生祝寿，龙年龙日会龙城，美酒、嫩羔、琴声、笑语、吟哦高歌，融于一庐，好不快哉！故得拙句以贺之！

赠倪健民先生

西湖月影钱塘雪，
面壁三千探伟峨。
行健天涯民至上，
常书桃李万重歌。

注：倪健民，浙江杭州人，博士学位。现任全国总工会副主席、书记处书记、党组成员。

寄语外孙徐国玮

徐步千宗一代豪，
国之良栋为民劳。
玮才多是砥磨出，
鹏起江宁万里翱。

注：作于 2007 徐国玮两周岁。

颂新疆生产建设兵团

飞石堆沙戈壁滩，
地荒万里少炊烟。
如今沃土千金溢，
亦武亦农功震天。

赠谢亦森先生

仰山明月释禅宗，
天沐琴声四海风。
今日宜春天下宝，
来朝更谢亦森公。

注：谢亦森，现任江西省人大副主任、宜春市委书记，二胡演奏爱好者。

二胡大师闵惠芬《上海之春》获奖五十周年祝贺音乐会集成及其文集系列丛书发行新闻发布会口占

一江春水五旬秋，
万物竞生鸣未休。
心悦二胡天地愿，
东方弦乐遍环球。

和中华诗词研究所莫非先生

穿山越岭伴歌忽，
久慕中原拜卧龙。
语重心长情切切，
诗豪墨劲意浓浓。
题联书赠吟坛静，
沏茗琴抚竹海融。
儒莫登峰高有处，
国钦三子展风雄。

慰问井下煤矿工人

罐笼直下两千多，
情切步飞穿似梭。
俯视猴车寻异宝，
仰观龙骨探英哥。
乌金涌淌汗如雨，
钢铁冲流泪若河。
黑夜尽尝般百苦，
朝阳普照万重歌。

为二胡演奏大师闵慧芬而作

清音入耳摄人魂，
动地惊天泣鬼神。
指上二泉留百世，
弓中三叠荡千门。
声腔化作江河水，
旋律凝成草木春。
民乐一生心血醉，
香飘四海不沾尘。

大师风范映山河

——贺民乐大师闵惠芬从艺六十年

三年前，基于对闵惠芬大师多年二胡演奏艺术的崇拜，尤其她对中国徐州国际胡琴艺术节的支持与贡献，欣然吟赠七律一首。哪知不久便收悉闵大师和诗，着实令我感动，发现她精湛胡琴技艺背后有着渊博的文学修养。这次，闵大师和刘振学老师嘱我再写一首，高兴间承诺，但一直久久难以提笔，压力很大，总觉水平有限，佳作难出。然既言应果，于是认真学习《闵惠芬二胡艺术研究文集》（1—2卷），很受启发，深感闵大师是世界音乐王国少有的奇才，是中国民乐尤其胡琴艺术的杰出代表和一代宗师。她对民乐的高远志向，执著追求，顽强拼搏，意境升华，琴德琴艺，琴人琴风，琴韵琴格，令山河增辉，人间永存！叹而感佩之，遂有下列32行拙句以歌之。

灵秀故乡弯斗里[①]，走来少女五洲惊。
习琴八岁空山语[②]，十二上音入名中。
王乙修棠严教练，又研郭玉慕良功。
天华阿炳砺心志，民悦作魂为此生。
苦读书歌丝竹剧，暑寒汗洗坐如钟。
妙龄博得九州冠[③]，争艳百花扬盛容。
诉尽人间悲与愤[④]，江河水击月泉鸣。
新婚别后阳关叠，赛马春诗豫北行。
不惑之前魔鬼侵[⑤]，抗争六载斩妖风。
冥蒙危际通仙界，磐石利坚同筑城。
更护东方弦韵美[⑥]，矿工学校播真情。
目无斜视吟胡律，一甲苑园兴正浓。
演创文传桃李旺[⑦]，声腔总唱赤湖经。
乐神巡遍宇环类[⑧]，并驾齐驱国粹丰。
德艺双馨强使命，大师典范耀青松。
芬芳惠聚千般爱，撒向闵君抚日红。

注：①闵惠芬 1945 年 11 月 23 日生于宜兴县和桥镇万石乡竹翠风清、山水宜人的弯斗里村。②闵惠芬 8 岁从父闵季骞学习二胡，不久即可演奏《空山鸟语》，初示她的胡琴音乐天才。12 岁考入上海音乐学院附中，拜王乙、陆修棠为师，后从郭鹰、徐玉兰、李慕良学习潮

州音乐、越剧和京剧艺术。③ 1963 年 5 月，不满 18 岁的闵惠芬获全国首届《上海之春》二胡比赛第一名。1975 年 12 月，在电影舞台艺术片《百花争艳》中精彩演奏名曲《江河水》、《赛马》，名震华夏。④闵惠芬演奏经典代表曲目一部分，特别是《江河水》、《二泉映月》打动当时日本著名音乐家、指挥家小泽征尔评说：“诉尽人间悲切，使人听起来痛彻肺腑；世界伟大的弦乐演奏家之一。”⑤ 1982 年元旦，闵惠芬做了第一次肿瘤手术。之后六年又做了 5 次手术，并数次抗击征服了化疗带来的常人难以忍受的痛苦。那段日子她痛不欲生，但仍以超人的意志和毅力顽强地同病魔斗争，坚持背谱练功，苦攻《长城随想》，获得首演巨大成功。⑥当民乐一时处于低潮时，闵惠芬目不斜视，坚如磐石，组织有关专家亲自深入大中学校和厂矿企业讲演传播民乐真谛，反响强烈，影响巨大，响应众多。尤其到了 2003 年，闵惠芬从艺 50 周年个人专题音乐会及其学术研讨会，内容丰富，成果丰硕，举世瞩目，获极大成功。十年后当然更上一层楼！⑦闵惠芬提出并倾心研究二胡声腔化艺术几十年，创作、编写和深度涉入二度创作并演奏了一大批在国内外影响很大的曲目，如《洪湖主题随想》、《阳关三叠》、《逍遥津》、《宝玉哭灵》、《寒鸦戏水》等，对中国胡琴音乐艺术作出了里程碑式贡献。⑧ 2004 年 5 月，中国音协副主席、民族音乐委员会主任闵惠芬在出席徐州市二胡学会成立仪式之际，与市领导商定以中国音协和徐州市委、市政府名义，每两年在徐州举办国际胡琴艺术节。她积极支持、带头参加每次国际胡琴艺术节活动。特别是首届明琴艺术节亲自登上彩车巡游，十里长街，万人空巷，胡琴大师与市民及乐迷们融为一体，浩浩荡荡，好不威风，创下了近 1600 人二胡方阵演奏吉尼斯世界纪录。闵惠芬是中共十五大代表，第八、九、十届全国政协委员，国家一级演员，全国优秀文艺工作者和五一劳动奖章获得者。

部分二胡名曲随想（十首）

《春诗》

春来大地妊，
万物吐心音。
生机争无限，
乾坤一片金。

《江河水》

滚滚江河水，
难书人世情。
喜悲争奋泪，
尽在指弦鸣。

《光明行》

持弓如握箭，
一发总朝前。
坎坷人生路，
光明照我还。

《阳关三叠》

一步三回首，
何时归故乡。
亲情西域播，
华夏后来强。

《空山鸟语》

山空声未绝，
更觉鸟音鲜。
唱和皆成律，
堪称人者先。

《卧龙吊孝》

疆场刀兵见，
嚎啕为那般。
攻城先谋帅，
瑜去亮安然。

《宝玉哭灵》

扶棂天地恸，
裂肺给谁看。
痛诉心衷怨，
断弦琴枉然。

《赛马》

万马奔腾非草原，
千军竞技两弦间。
嘶鸣疆场率头阵，
巾帼英豪何等闲。

《新婚别》

吹吹打打喜盈门，
戏水鸳鸯欲断魂。
电闪雷鸣郎别恨，
弓飞弦裂击昆仑。

《二泉映月》

月照清泉弓送明，
弯弯脚步印人生。
梦中抚别鸟儿答，
唯有心音身后鸣。

辑七

人生哲思·“万物滋生总有缘”

中秋感怀

中秋月倍明，
独酌到三更。
银汉家人隔，
同观万颗星。

中秋夜与果光法师赏月偶得

丁亥中秋夜，
万家灯火明。
云龙观玉兔，
寺外悟禅经。

辛卯除夕

春来蛇觉暖，
云水画龙图。
留住人间爱，
常思天上殊。

途中赏月

弯钩枝上悬，
心有玉银盘。
万里千年路，
两痴同一圆。

南湾湖小島野炊

碧水荡兰舟，
酒香春雨柔。
野风飘美味，
挚友醉芳洲。

明月山

竹海柱青天，
嫦娥此复还。
鸟鸣滴翠液，
脚下绊诗篇。

露天花石浴

茅棚遮半月，
玉液坠星河。
花木清风挽，
池中少一娥。

赞羊君

登高不畏难，
险处觅青鲜。
来去心中律，
自由天地间。

法门思

拜佛千千万，
诚心多少人。
为民常造福，
苦智必成仁。

拜佛

佛前明事理，
广种福田持。
大智生无象，
慧多君自奇。

登华山

白石飞流瀑，
绿波飘峻岩。
沿途闻气喘，
我自瞰云闲。

洪洞大槐树

华夏一根原，
大槐常梦牵。
同心植万株，
后世福无边。

感延安

欲求真理魂，
先做自由人。
心已飞天外，
何愁遮眼云。

瑞金抒怀

树大根深茂，
水甜思故人。
政权何以立，
牢记众黎民。

清远傍晚

雨后彩霞飞，
金桥浪里辉。
杪椤王椰俊，
美景梦中回。

嘉峪关

雄关天下奇，
一堵拦千敌。
和以载东西，
邦民珍养息。

水

小鱼腾细浪，
庞物巨波掀。
呼啸洪峰卷，
世交天地翻。

夜观室中树

破障万千重，
寻求丽日生。
纵然黑夜里，
照样向标明。

偶得

夜深闻笑声，
惊落半天星。
潮起风云际，
龙龟身后行。

长城号游船上

谷落三千尺，
浪飞天九重。
船摇人八两，
惊喜一声声。

鸽子窝

未曾观日出，
只见浪花浑。
泥铸城池暗，
风涛没鸟痕。

颂羊君

山峻三千八，
羊群峰上头。
知君高洁处，
正是白云悠。

蛙声

蛙鸣难入眠，
思绪到天边。
摘下家乡月，
追回一少年。

水仙

气正旺精华，
貌藏千种花。
甘泉深谷觅，
香溢万重涯。

诗酒歌

酒是诗前茗，
诗为酒后花。
酒诗人性美，
诗酒壮年华。

室中瀑

绿叶青山一面墙，
洋洋洒洒入三江。
茶禅露洗成佳酿，
红木飘香画里藏。

汶川大地震感怀（四首）

（一）

致哀悬半旌，
举国悼苍生。
执政民为本，
酬民国运亨。

（二）

山崩地裂家园破，
华夏倾情泪若河。
万众心齐神鬼怯，
人间大爱涌奇歌。

（三）

生命关头无国界，
全球是爱性情真。
八方携手力同举，
天缺众填胜似神。

（四）

举国共悲天地恸，
亡灵虽去欲同声。
炎黄从未屈灾难，
多难兴邦邦更兴。

奥运金牌有感

成功总伴泪婆娑，
平日汗如江水多。
百战方知殊役苦，
人生何处不蹉跎。

月亮湖天沐汤

雾蒙枯木水中桥，
雨打草香花正妖。
飞瀑流泉天沐屋，
月池星晃淡云飘。

心境

外出从前望眼渴，
今无美色胜田荷。
立家尤惜米柴贵，
常念心经一首歌。

高原行

大山大水大情怀，
不到高原何以来。
神圣自然人应觉，
再修明世一同开。

黄河头

万里黄河贵德清，
只缘植被护真情。
文明生态天人愿，
常转法轮心自明。

春雷

春雷阵阵从天降，
细雨丝丝入肺房。
万物腾腾遮不住，
龙年处处换新装。

荷

苞放从容柔又刚，
老杆坚挺韧中强。
风霜雪雨酸甜育，
日月星辰鸳伴鸯。

苑中情

绿海丛中点点红，
满园春色竞葱茏。
山人相处融为贵，
更念紫薇情义浓。

聊城怀古

明珠水域人文地，
浩气长存贯古今。
岱影东来光岳照，
神灵山陕仰千寻。

注：光岳指光岳楼；山陕为山陕会馆。

水泊梁山

千年不散英雄气，
常令来人泪染衣。
今唤才贤华夏起，
国强民富万家祺。

宜兴竹海

竹山竹海竹云间，
竹叶竹根依竹竿。
节实虚心防暑九，
春芽雨后矗青天。

微山湖泛舟

映日荷花半水中，
扁舟一叶自平衡。
微山湖上君同我，
醉指风流都是红。

夜宿扬州紫藤园

琴君相伴度华辰，
浮想联翩念旧贫。
竹石诗音心骨铸，
生涯半百敢惟真。

慰问古邳陈平楼小学

驱车直向古邳楼，
不尽乡情心上流。
四十年前如梦幻，
一朝化作百童羞。

平遥古城

平遥古镇探神奇，
千百年来自聚离。
城外城中天两界，
阴阳兴替总相期。

神农架口占

万谷千峰入碧端，
神农架里觅真仙。
铁鞋踏破何寻处，
忽见菩提来眼前。

骆马湖放舟

放舟骆马觅仙踪，
浪涌风摇入画中。
本是桃源真醉处，
项王何必会刘公。

梨花赞

千枝万朵雪花放，
神意群芳沁玉香。
半地金黄争一秀，
满园春色拱梨王。

夜宿白云山

九龙飞瀑起苍黄，
一越群山入大江。
万里白云空对月，
百寒交错念家乡。

庐山

雨来日去见君难，
雾漫云开一线天。
欲识仙山真面目，
唯能独处得心缘。

那拉提

碧水青山载绿洲，
天蓝云白马羊悠。
半空悬挂草原镜，
雪岭扬鞭琴未休。

博斯腾湖

天山衔碧吐明珠，
云锦草肥攀苇芦。
鸥鹭也知人世乐，
徜徉点水画虹图。

泳

侧似穿梭平似箭，
立如松柏仰如眠。
劈峰击浪千重过，
一跃龙门越海天。

车外花莲

一路风光驱倦意，
千窗美景壮神奇。
海云越过天重九，
万里山河着绿衣。

行进在撒哈拉沙漠

沙漠多宽有绿洲，
前程再远有奔头。
人生不可断其志，
越过荒丘看水流。

丙戌初八瑞雪抒怀

纷纷瑞雪报新春，
阵阵乒乓辞旧辰。
汗水冲干三月垢，
心头绽放百花新。

过湖西航道

群羊前面农家汉，
绿岸扬波竞白帆。
鱼跃马欢芦苇荡，
良田无处不丰年。

访香港中联办

一朝雪耻红旗艳，
污垢清除待数年。
腹地繁荣强港劲，
莫愁华夏不飞前。

福州

三山两塔一江水①，
铁树石珍②扬国神。
七巷名方③天演进，
鼓楼又忆鼓楼人④。

注：①三山指乌山、于山、平山，两塔指黑塔、白塔，一江指闽江。②铁树：涌泉寺之铁树；石珍：寿山石。③七巷名方：福州名人故居。④由福州鼓楼区联想到在徐州鼓楼区工作生活情景。

楼外楼偶得

山外青山楼外楼，
一湖烟雨锁君愁。
断桥难断思乡梦，
何日云龙腾九州。

重渡沟溯流

溯流而上问源头，
唯见青山伴土丘。
一叶风来千里雾，
云开之后访君悠。

蒙阴坦堡镇杏山子桃花园口占

层峦叠嶂千重绿，
唯见桃花一片红。
不是天公开慧眼，
阴阳何以此时同。

五指山古森林

犬错交融一线天，
勾心斗角得相安。
你中有我平常事，
万物滋生总有缘。

三亚湾沙滩晚散步

无风浪击万千重，
岸上霓虹歌舞声。
自作多情才是美，
苍天莫要笑人生。

武夷放排

九曲放排溪漫流，
大王玉女隔千秋。
上天多赐美和爱，
一解人间万种愁。

雷峰塔前

秀山柔水畅和宁，
保俶城隍放眼明。
阅尽千年悲与喜，
近观足下白娘情。

西子情

四面青山一面楼，
名城立在断桥头。
苏堤灵隐三潭影，
月上雷峰两白愁。

南山行

南山南海涌如潮，
潮去潮来天未老。
水上观音八面行，
人间何处无祈祷。

醉沐

——于东海露天温泉

一轮明月当空照，
万顷繁星浪里摇。
半壁暖流消困顿，
千般苦乐海中飘。

送君

人逢喜事精神爽，
君遇真情分外狂。
常醉之时思世事，
醒来便有好文章。

路感

一轮红日车前挂，
万里江山万里花。
方向标明天下畅，
国人个个爱中华。

心事

国人齐指钓鱼岛，
怒火烧心煎忍熬。
领土岂容狼狗犯，
愿随东海卷狂潮。

忆旧（二首）

（一）

记得当时年纪小，
常将童话作航标。
连环画里寻肖影，
断壁园中逐狗猫。
课本师堂观世浅，
麦田茅舍仰云娇。
而今倍念孩提梦，
更爱新枝探碧霄。

（二）

记得当时年纪小，
放飞理想比天高。
梦中常拭英雄泪，
白日难撑父老腰。
竹桶羊皮成乐器，
蜡条马尾奏良宵。
老之将至怀前事，
心喜新潮涌旧潮。

无题

出世芙蓉沙漠柳，
风中劲竹大江流。
目明可破千重雾，
心定能安万种忧。
来去如云慈水济，
转翻似火菊花羞。
冰清玉洁银盘梦，
鹤顶鸡冠写晚秋。

附一

词与楹联

水调歌头·今上井冈山

——依毛泽东《水调歌头·重上井冈山》韵

早有为民志，今上井冈山。千里来寻圣地，思念似潮掀。到处山清水秀，更有松风梅骨，豪气柱云天。过了青龙壁，水口最娇妍。

学中奋，勤廉干，快优先。三十一年过去，开拓创新篇。敢上九重採药，敢入五洋驱孽，济世八方贤。万事民为大，旨在尽心肝。

注: 作于二〇〇二年五月。

栾川黄弥寺题联

栾川远眺，竹翠松青，八百伏牛生紫气；
伊水长流，风清月朗，三千星汉映黄弥。

题栾川君山老子铜塑巨像

立地擎天，经传九域，人上人，人皇仰圣；
尊名尚德，气贯三清，道中道，道法滋民。

灵山寺题联

清泉百里，禅政和鸣天地词，灵山独秀；
名刹千年，尼僧同诵众生曲，圣境双奇。

商丘清凉寺题联

良田扶贝叶，八景七台兴梵境；
广厦合清凉，三陵一水润中原。

世博园中国馆题联

红光普照，喜地欢天华夏韵；
绿水长流，滋民润物世寰情。

徐州荷风岛题联（三副）

（一）

一湖荷味醉千月，
半岛清风醒万霞。

（二）

荷韵漾波生日月，
风情萦岛醉云霞。

（三）

荷香八面，渡鹤翔鸾，云龙常起舞；
风净九重，调宫弄徵，天地总生情。

附二

诗友题赠

和徐崇先先生

谢亦森

明月山下喜相逢，琴兄原来及诗翁。
嫦娥难留天涯客，只留佳音在山中。

祝贺《生命流韵》出版兼赠徐崇先会长

晨 崧

崇先才艺誉诗坛，香溢彭城霞满天。
激励云龙山水韵，和谐仁爱润桃源。

赠徐州市诗词协会徐崇先会长

杨逸明

羡君才艺誉彭城，健笔柔弦树一旌。
生命之川流雅韵，小诗中有二胡声。

参观胡琴艺术馆并贺徐崇先主席《生命流韵》出版

刘庆霖

胡琴馆内感奇思，不逐时风恰入时。
千里相逢才一握，唱歌手指即心知。

鹧鸪天·贺徐崇先先生《生命流韵》付梓

范诗银

海浪簪花生笔端，故都春色染双弦。
平生痴梦缘何事，百转柔肠一寸丹。
调旧韵，著新言。珠玑着意种蓝田。
人间欲解东风调，玉版行行只眼看。

贺徐崇先同志《生命流韵》诗集问世

周道中

彭城自古多才俊，汉韵雄豪歌大风。
更喜盛世弘国粹，诗篇三百气恢宏。

贺崇先兄新作问世

季世昌

金厅琴韵声悠扬，满纸云烟播四方。
最是诗人兴会至，小康路上颂华章。

浪淘沙·贺徐崇先《生命流韵》付梓

徐　红

涿鹿聚兵家，更蕴文华。崇先诗梦寄天涯。壮志琴心流雅韵，铁板铜琶。

生命沐明霞，喜绽春花。诗城红杏闹枝桠。州牧披襟吟妙句，乐胜乌纱。

题赠崇先兄

王海清

自古彭城诗意豪，大风歌啸涌心潮。
人生百味情难得，流韵云龙壮碧涛。

贺徐崇先主席《生命流韵》付梓

赵　钲

推拉悦耳慧心知，演奏和音盛世时。
吟咏江山依韵律，传承国粹赏君诗。

徐公崇先吟长《生命流韵》出版志庆（联）

舒贵生

崇圣崇贤崇哲，济世文章，徐风垂雨露；
先知先觉先行，达人生命，流韵发光华。

贺徐崇先会长《生命流韵》出版

黄新铭

（一）

笔端豪气联欧亚，月下琴声颂古今。
俱是高山响流水，诗坛何处不长吟。

（二）

万象人间挥笔成，感时惯作不平鸣。
诗家本是多情种，夜半心潮和浪声。

贺徐崇先先生《生命流韵》付梓

尚耀东

过目烟霞必骋怀，八叉自若显奇才。
等身缃素胜金屋，淮海风流一咏魁。

赠崇先

李文顺

冷月寒梅句自香，浓蕉细雨妙思长。
江山如画情如火，肝胆风雷任翕张。

徐崇先《生命流韵》行世之贺

张安民

生命由来诚可贵，为民流韵价尤高。
徐公主事徐诗好，九进风骚树锦旄。

贺《生命流韵—徐崇先诗三百首》出版

果 光

此身虽寄劫波去，一寸清心纸上留。
歧路从容湖海客，笔耕万象入春秋。

贺徐主席《生命流韵》付梓

张景田

新年春浪漫，风雅送诗来。
瑞气齐恭贺，祥光共抒怀。
骚坛存大志，付梓展雄才。
花甲云天阔，真情一路栽。

读《生命流韵》有感出版

王大勤

自古州官多善文，诗书近日刊徐君。
中华掠影超奇妙，海外传情惊世纷。
金笔生花织梦幻，丝弦雅韵唱风云。
为民勤政不知苦，七彩人生夺目勋。

贺徐崇先先生《生命流韵》出版发行

韩修德

古彭大地论豪杰，尚武崇文代代痴。
先圣今贤担道义，楚风汉韵任神思。
心中未老千秋志，笔下丰收万首诗。
律缀骚坛堪品位，融情书卷颂君奇。

西江月·贺徐崇先会长《生命流韵》诗集付梓

任启森

“赛马”“听松”悦耳，“荒城”“梁祝”销魂。琴声缥缈调长存，金色大厅流韵。

身历北疆雪域，心关南海风云。寄情盛世性真纯，诗录半生屐印。

喜贺徐崇先主席《生命流韵》出版

徐向中

流韵人生堪自豪，山程水驿伴风骚。
朝霞晚月歌喉展，笑看江河飞浪涛。

贺徐崇先《生命流韵》步林州大化石奇观原韵

刘 嶓

千山万水韵中来，歌放彭城戏马台。
丝竹声声天籁曲，玑珠字字用心裁。
人生哲理时时悟，唱和弹吟句句俳。
画印诗书歌盛世，管簧齐奏赞英材。

贺《生命流韵》出版（新韵）

李 敏

诗联流韵韵流长，生命如歌向太阳。
放眼乾坤寻大道，情留五岳又三江。

徐崇先会长《生命流韵》读后

程建安

神农足迹剑桥风，一路锦囊收获中。
愧向琴心索佳句，山崖飞雪到帘栊。

读徐会长《生命流韵》感怀（联）

蒋继辉

琴上马奔腾，偶从商徵听弦外；
案前心荡漾，常托仄平到梦中。

贺《生命流韵》付梓

孔伯祥

琴遇知音弦可张，藏锋利剑蕴沧桑。
胸怀山水擎旗帜，心系骚坛倚栋梁。
携手吟诗诗叠韵，掌门织锦锦衔香。
千秋国学凭君续，我欲追随聚雅堂。

读《生命流韵》有感
答谢徐崇先主席

魏新建

读罢文章暗自钦，珠玑闪闪暖胸襟。
九州掠影梅如雪，四海浮光字若金。
情寄山河咏风月，行吟沧海布甘霖。
勤于政务千般事，难剪枯荣一寸心。

摊破浣溪沙

——贺徐崇先主席《生命流韵》诗集付梓

郭仲秋

西域扬鞭万马鸣，南疆春色啭流莺。
高奏胡笳汉魂咏，宇寰惊。
琴韵诗魂明志愿，著书立撰勒碑铭。
廉政惠工身自硬，慰平生。

浪淘沙·彭城胡琴馆

——贺徐崇先会长《生命流韵》付梓

张庆莲

琴馆卧湖边，韵海扬帆。丝竹铜管涌波澜。华夏胡琴惊世界，盛况空前。

营建太艰难，一力承担。彭城自古誉乐坛。致富和谐歌盛世，搏翼云天。

贺徐崇先主席《生命流韵》付梓

张仁谦

万马奔腾琴韵昂，千帆竞发向朝阳。
东坡草径独吟苦，华夏花园几缕香？
温暖万家为百姓，清风两袖献衷肠。
如烟往事更如火，未了征程再远航。

贺徐崇先主席《生命流韵》出版（新韵）

陆朝良

古彭洒汗四十年，携手党群排众难。
金色大厅管弦奏，诗乡创建勇争先。

贺徐崇先诗家《生命流韵》出版

裴鸣若

崇文尚艺领风骚，劲鼓繁弦意自豪。
七彩人生流逸韵，诗声直上九天翱。

《生命流韵》感赋（新韵）

林红岭

《生命流韵》展示了作者志于民的为官之品、依于诗的灵妙之境和游于艺的率然之性，尤其彰显了作者用生命之性铸就诗意之韵的真实、本色、充盈和烂漫。

（一）志于民

理政为官事事艰，殚心竭力未曾闲。
迁城引凤商圈铸，建馆集琴雅韵传。
呵护职工施大略，创新阵地谱奇篇。
遍推九进争诗市，不负苍生不负天。

注：本书作者任职鼓楼时实施行政中心北迁建设商圈战略；任职总工会时创新工会工作，大手笔推进各项事业，呕心沥血建成中国胡琴艺术博物馆；倡导并主抓诗词“九进”活动，争创全国诗词之市。

（二）依于诗

低吟浅唱度时年，亦是诗家亦是仙。
览胜情流生气韵，拈花意笑著佳篇。
行藏在我心参物，用舍由时欲入禅。
细剪人生长短句，且歌且咏且安然。

（三）游于艺

闻书品画伴生涯，常把余情护艺葩。
子落棋盘知世势，琴迷大众誉中华。
风流总在诗间荡，魅力均从事里发。
四届弦魂天地醉，百花绽尽绽心花。

贺徐主席《生命流韵》出版（藏头诗）

孔令军

贺诗一首送崇先，徐步三周酿美言。
主笔千诗工会首，席尊四面古城贤。
生花妙作雄才展，命运祥光好梦圆。
流水长清书卷厚，韵留百世喜无前。

读《徐崇先诗词选》《生命流韵》感怀

张继鹏

走马彭城眼望新，唐风宋韵二昆仑。
一身三职众夸好，两卷万言豪占春。
吟遍诗乡留雅韵，飞升霞彩正朝暾。
地灵人杰品高格，自有千秋华夏魂。

附三

诗之曲谱

咏彭城

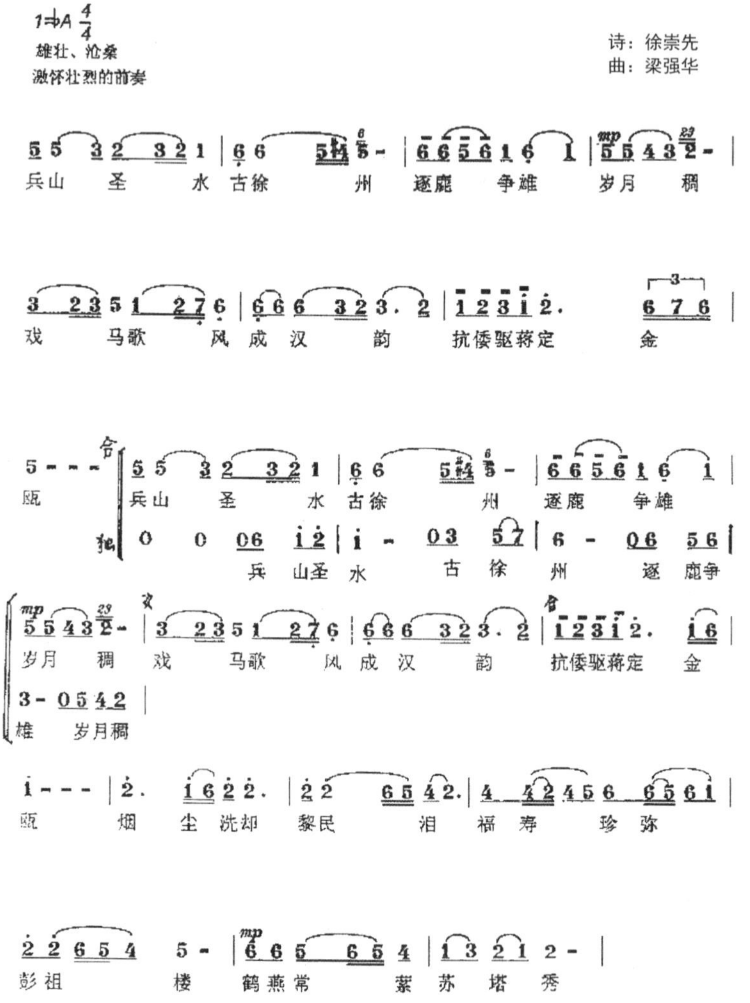

1=♭A 4/4
雄壮、沧桑
激怀壮烈的前奏

诗：徐崇先
曲：梁强华

兵山圣水古徐州 逐鹿争雄 岁月稠

戏马歌风成汉韵 抗倭驱蒋定金

瓯 合 兵山圣水古徐州 逐鹿争雄

独 兵山圣水 古徐州 逐鹿争

岁月稠 戏马歌风成汉韵 合 抗倭驱蒋定金

雄 岁月稠

瓯 烟尘洗却 黎民泪 福寿珍弥

彭祖楼 鹤燕常萦苏塔秀

注：梁强华，男，江苏省徐州市人。中国音协会员，徐州市音协理论创作室副主任。先后创作声乐及器乐作品三百余首，其中器乐作品《欢乐的胡琴节》由著名作曲家、指挥家刘文金先生配器并在维也纳金色大厅演奏。

云 龙起 舞 又春 秋 又春 秋

云 龙起舞又 春 秋

合唱 稍快

兵山圣水 古徐州

逐鹿争雄 岁月稠 戏马歌风 成汉韵 抗倭驱蒋 定金瓯

烟尘洗劫 黎民泪 福寿珍弥 彭祖楼 鹤燕常萦 苏塔秀

突慢

云龙起舞 又春秋 云龙 起舞 又春

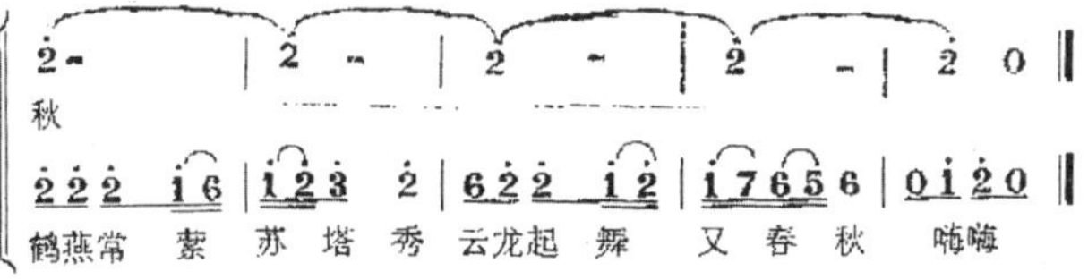

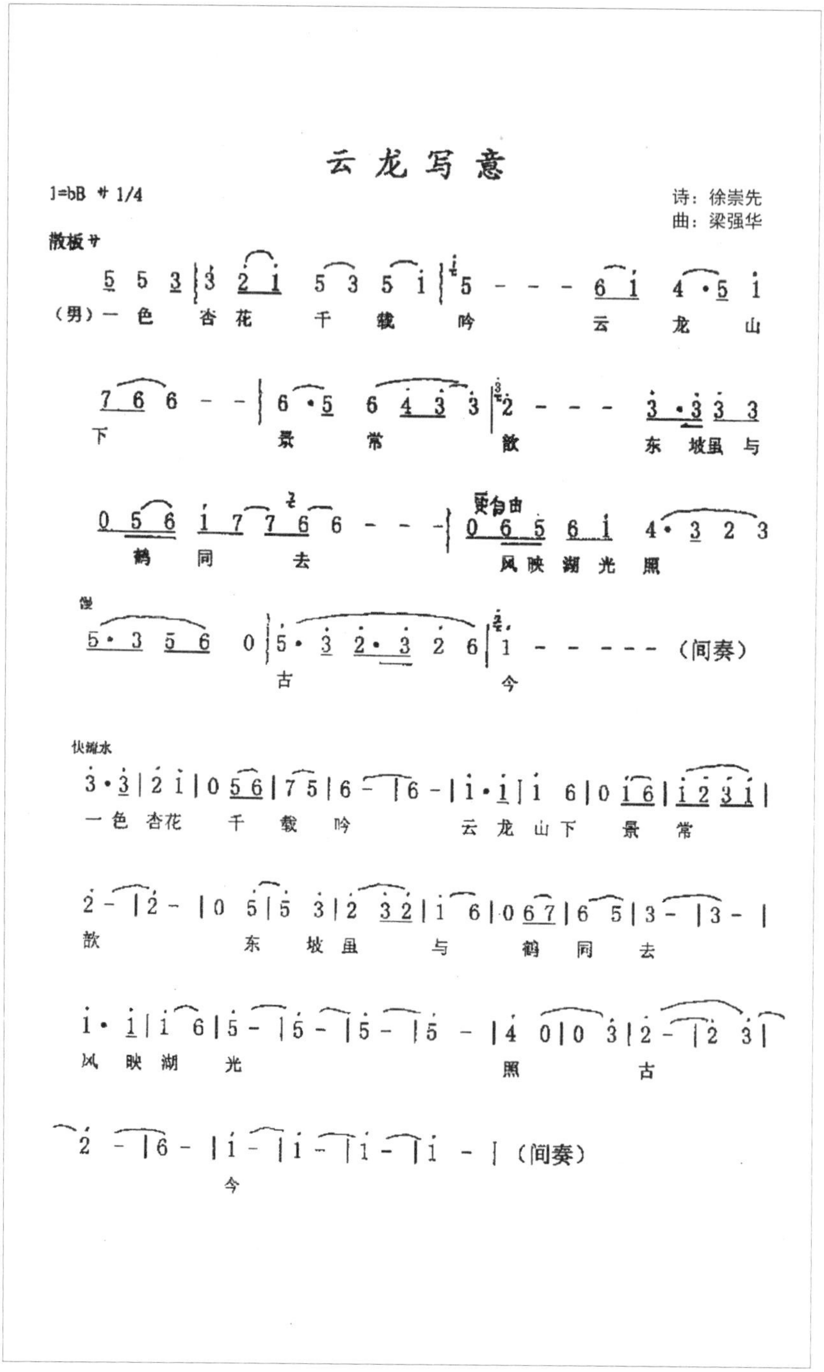

云龙写意

1=bB ♯ 1/4

诗：徐崇先
曲：梁强华

散板 ♯

（男）一色杏花千载吟 云龙山下景常歆 东坡虽与鹤同去 风映湖光照古今（间奏）

快板水

一色杏花千载吟 云龙山下景常歆 东坡虽与鹤同去 风映湖光照古今（间奏）

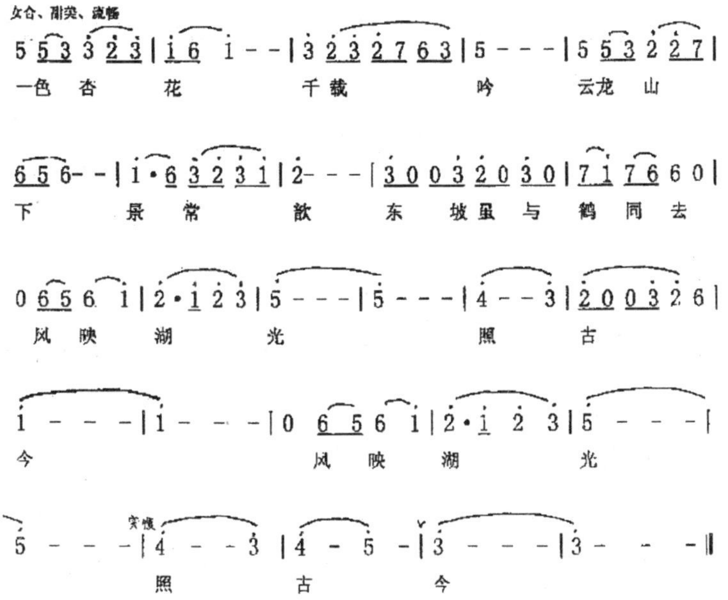

女合、甜美、流畅

5 5 3 3 2 3 | 1 6 1 - - | 3 2 3 2 7 6 3 | 5 - - - | 5 5 3 2 2 7 |
一色 杏 花 千载 吟 云龙 山

6 5 6 - - | 1 · 6 3 2 3 1 | 2 - - - | 3 0 0 3 2 0 3 0 | 7 1 7 6 6 0 |
下 景 常 歆 东 坡虽 与 鹤 同 去

0 6 5 6 1 | 2 · 1 2 3 | 5 - - - | 5 - - - | 4 - - 3 | 2 0 0 3 2 6 |
风 映 湖 光 照 古

1 - - - | 1 - - - | 0 6 5 6 1 | 2 · 1 2 3 | 5 - - - |
今 风 映 湖 光

突慢

5 - - - | 4 - - 3 | 4 - 5 - | 3 - - - | 3 - - - ‖
照 古 今

舞动汉风

1=♭B $\frac{2}{4}$

气势磅礴

诗：徐崇先
曲：梁强华

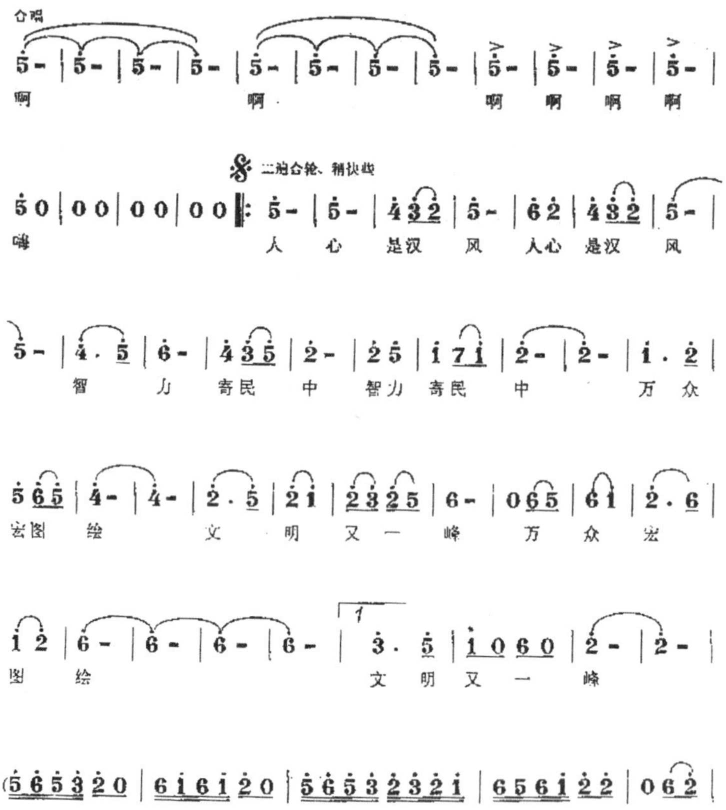

合唱

啊 啊 啊 啊 啊 啊

嗨

二部合轮、稍快些

人 心 是汉 风 人心 是汉 风

智 力 寄民 中 智力 寄民 中 万 众

宏图 绘 文 明 又 一 峰 万 众 宏

图 绘 文 明 又 一 峰

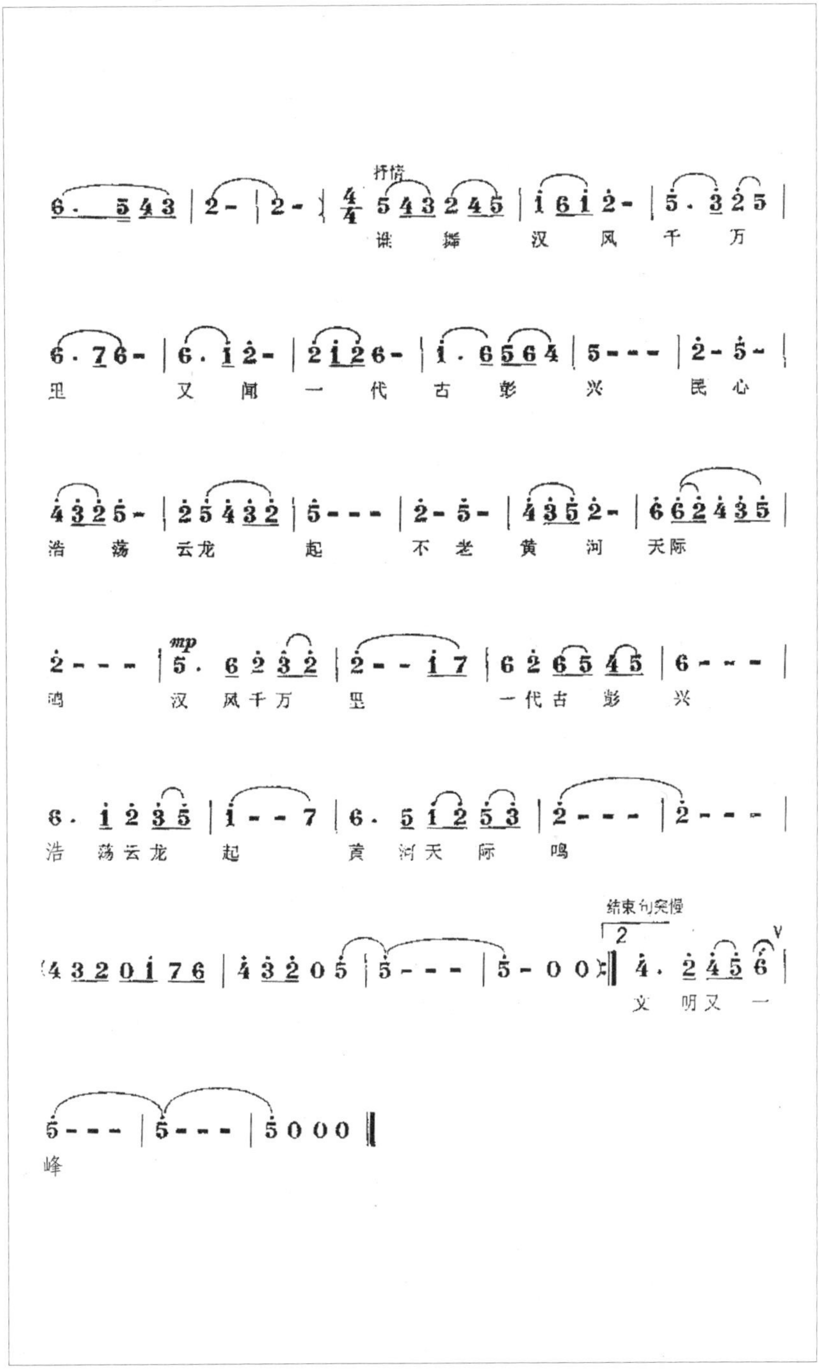

抒情

6. 543 | 2- | 2- | 4/4 543245 | i6i2- | 5.325 |

谁 擂 汉 风 千 万

6.76- | 6.i2- | 2i26- | i.6564 | 5--- | 2-5- |

里 又 闻 一 代 古 彭 兴 民 心

4325- | 25432 | 5--- | 2-5- | 4352- | 662435 |

浩 荡 云龙 起 不 老 黄 河 天际

2--- | *mp* 5. 6232 | 2--i7 | 626545 | 6--- |

鸣 汉 风千万 里 一代古 彭 兴

6.i235 | i--7 | 6.5i253 | 2--- | 2--- |

浩 荡云龙 起 黄 河天 际 鸣

结束句突慢

(4320i76 | 43205 | 5--- | 5-00 :‖ [2 4.2456 V |

文 明又 一

5--- | 5--- | 5000 ‖

峰

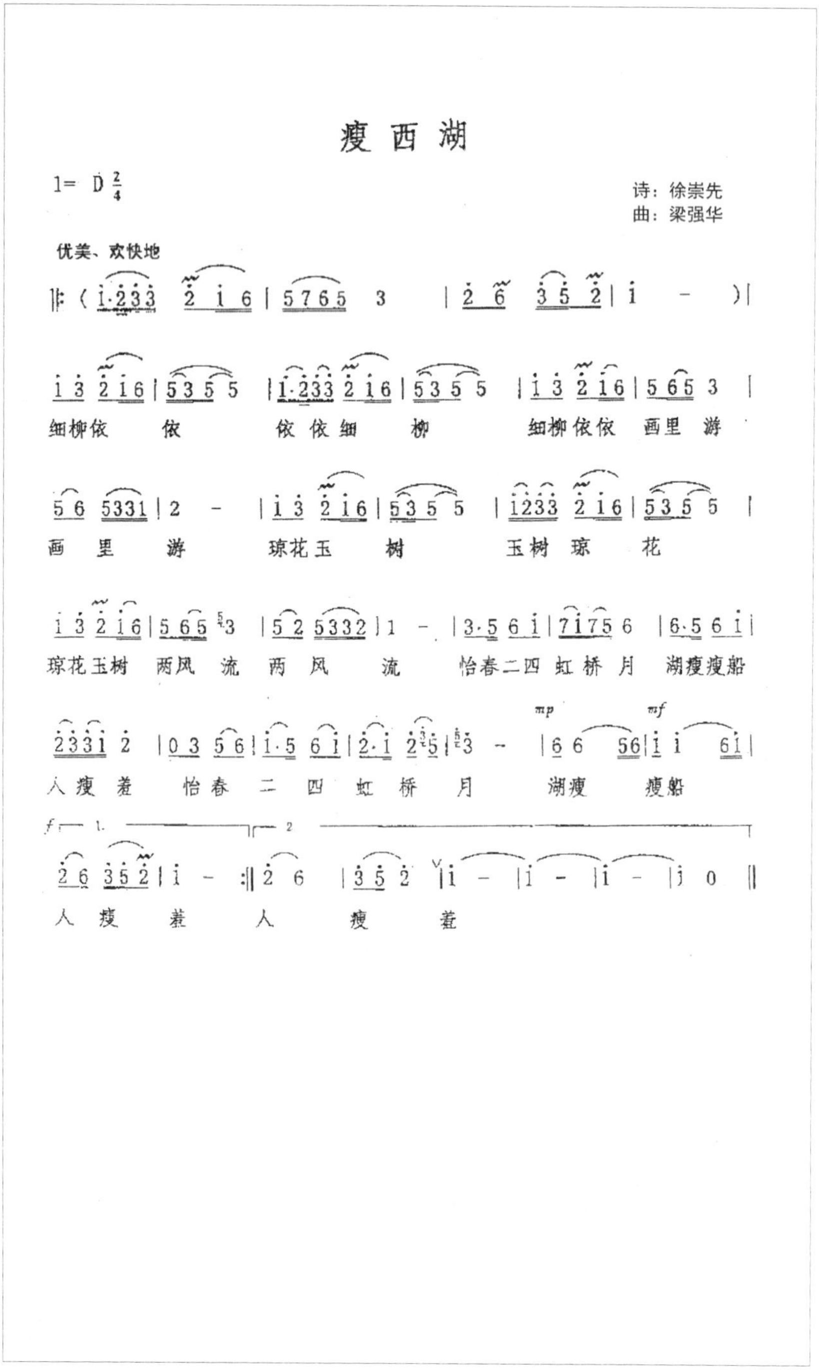

瘦西湖

1= D $\frac{2}{4}$

诗：徐崇先
曲：梁强华

优美、欢快地

细柳依 依 依依细 柳 细柳依依 画里 游

画 里 游 琼花玉 树 玉树 琼 花

琼花玉树 两风 流 两 风 流 怡春二四 虹 桥 月 湖瘦瘦船

mp mf

人 瘦 着 怡 春 二 四 虹 桥 月 湖瘦 瘦船

f

人 瘦 着 人 瘦 着

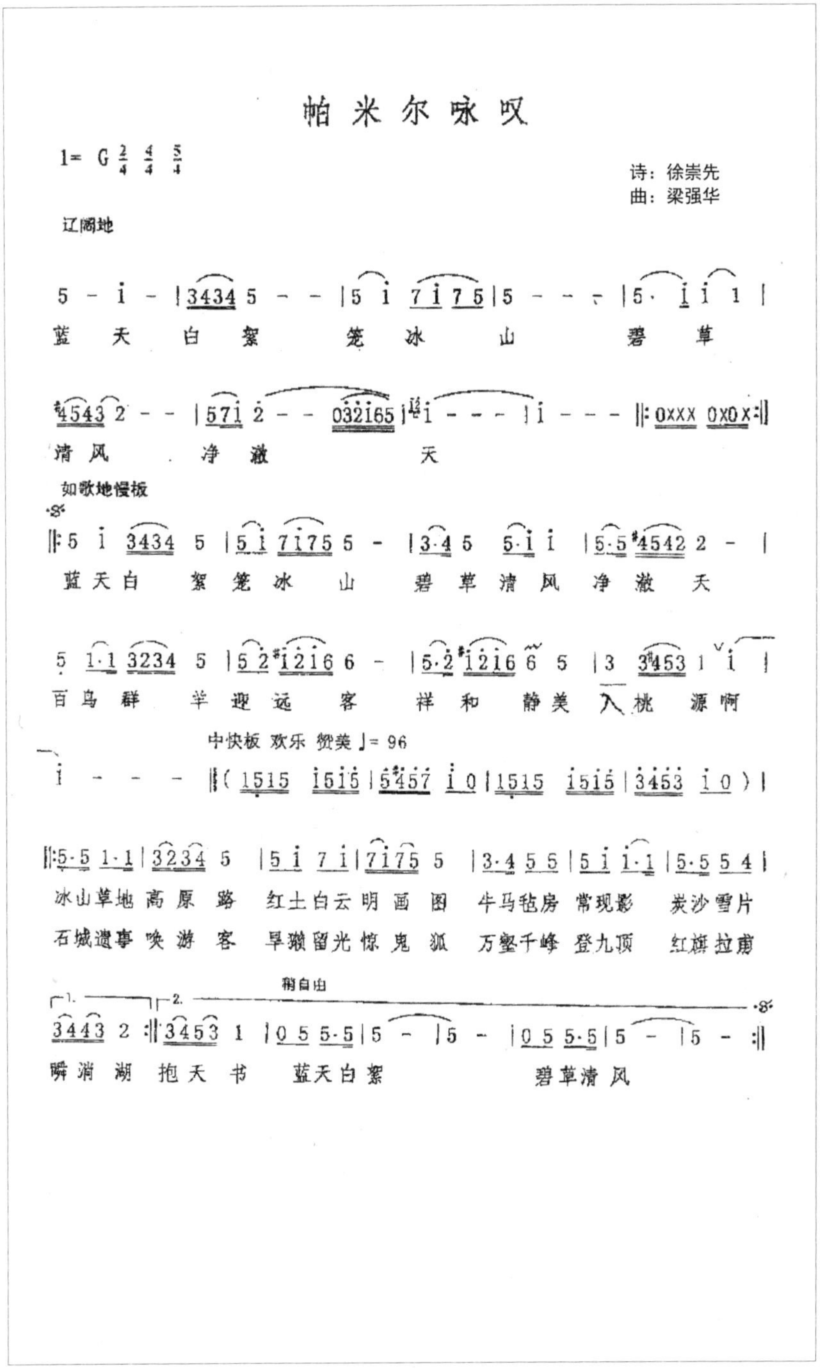

帕米尔咏叹

1= G $\frac{2}{4}$ $\frac{4}{4}$ $\frac{5}{4}$

诗：徐崇先
曲：梁强华

辽阔地

5 - i - | 3434 5 - - - | 5 i 7i75 | 5 - - - | 5· ii 1 |
蓝 天 白 絮 笼 冰 山 碧 草

#4543 2 - - | 57i 2 - - 032i65 | i - - - | i - - - ‖: 0XXX 0X0X :‖
清 风 净 澈 天

如歌地慢板

‖: 5 i 3434 5 | 5 i 7i75 5 - | 3·4 5 5·i i | 5·5 #4542 2 - |
蓝 天 白 絮 笼 冰 山 碧 草 清 风 净 澈 天

5 1·1 3234 5 | 5 2 #i2i6 6 - | 5·2 #i2i6 6 5 | 3 3#453 1 i |
百 鸟 群 羊 迎 远 客 祥 和 静 美 入 桃 源 啊

中快板 欢乐 赞美 ♩= 96

i - - - ‖ (1515 i5i5 | 5457 i 0 | 1515 i5i5 | 3453 i 0) |

‖: 5·5 1·1 | 3234 5 | 5 i 7 i | 7i75 5 | 3·4 5 5 | 5 i i·1 | 5·5 5 4 |
冰山草地 高 原 路 红土白云 明 画 图 牛马毡房 常现影 荒沙雪片
石城遗事 唤 游 客 旱獭留光 惊 鬼 狐 万壑千峰 登九顶 红旗拉甫

稍自由

1. 3443 2 :‖ 2. 3453 1 | 0 5 5·5 | 5 - | 5 - | 0 5 5·5 | 5 - | 5 - :‖
瞬 消 湖 抱 天 书 蓝天白絮 碧草清风

跋：诗盈心智　大美人生

李文顺

“诗盈心智，大美人生。”这是我读完《生命流韵》之后的强烈感受。

与崇先同志结识30年了。崇先光明磊落，豪放洒脱，才情深蕴，诗词歌赋琴棋书画均有涉猎。其为人为官讲究，做事从艺大气。近十年来，他在工会主席任上致力于维护职工权益，推动地方经济发展，弄得风生水起，声名大振，在全总系统颇有影响。尤其是连续组织举办了四届“徐州国际胡琴艺术节”，创建了中国胡琴博物馆，把胡琴艺术挖掘得淋漓尽致，演绎得有声有色，先后在徐州、北京音乐厅、维也纳金色大厅举办了20余场胡琴音乐会，创下了1600人现场齐奏胡琴曲的吉尼斯世界纪录。感动之余，岚清老首长特意篆刻“东方弦魂”之印相赠。崇先赤手空拳，愣是为兵家必争之地的徐州打造了一张金灿灿的文化名片。

崇先政务倥偬之际，笔耕不辍。《生命流韵》呈现出的真情之美、豪放之美和意境之美更令人感佩。

诗者，感其况而述其心，发乎情而施乎艺也。读崇先的诗，最先打动人的是真情之美：

树大根深茂，水甜思故人。

政权何以立，牢记众黎民。（《瑞金抒怀》）

流星璀璨瞬间逝，天下官翎开几时。

清正为民文九斗，人间永恋国魂枝。（《谒醉翁亭》）

借景抒怀，语词平实，实则振聋发聩。情自景生，意韵深远。寥寥数语，道出作者忧国爱民的诗家情怀。

万事民为大，旨在尽心肝。（《水调歌头 · 今上井冈山》）

不慕官高贵，唯扬民族神。（《千唐志斋》）

取义千秋颂，丹心万代尊。（《义》）

执政民为本，酬民国运亨。（《汶川大地震感怀》）

类似诗句，在《生命流韵》中俯拾皆是。作者心中若无真理之风标，何来真情之流露！家国情怀，跃然纸上，读来令人肃然。

当然，真情之美并不局限于为民情结和为官之道上。作者对朋友、家人亦是情随心动、大爱至臻，字里行间处处充盈着真情之美：

石城无事做，酒亦未哈多。

归遇三方客，杯空一片河。（《会友》）

他乡之行偶遇知己，杯中乾坤无限真情。尤其是“杯空一片河”，看似信手拈来，实则意象大胆跨跃，友情之美含蓄不尽，愈见情深。而“中秋月倍明，独酌到三更。银汉家人隔，同观万颗星。”（《中秋感怀》）则是一人对月独饮，羁旅之思顿生，此时，家人是否也和自己一样在浩瀚天河中寻找亲情和寄托？其亲情之美令人怦然心动，与“君住长江头，我住长江尾，日日思君不见君，共饮长江水”有异曲同工之妙。

月是家乡好，中秋思故人。作者“蛙鸣难入眠，思绪到天边。摘下家乡月，追回一少年。”（《蛙声》）夸张手法令诗句瑰奇，一放一收展示出作者高超的驾驭技巧和充沛的感情世界，“非东西南北之人，不能道此。”

当然，作者真情流露的还有对生活与社会问题的关注。

汉阳夜入晓观楼，黄鹤杳然踪未留。

沙浪滔天烟滚滚，龟蛇匿水影悠悠。

凭栏难见云空碧，迁岸常闻鸥鹭愁。

三镇何时更气境？楚江横渡再来游。

爱之深，吁之切。这首题为《初上黄鹤楼》的诗，写的是对环境的担扰。作者热爱生活、珍视自然，崇尚天人合一。而“采菊东南下，悠然见南山”又何尝不是人类的共同祈盼！

诗之贵：不着一字，尽得风流。崇先诗集中有这样一首诗：“九龙飞瀑起苍黄，一越群山入大江。万里白云空对月，百寒交错念故乡。”（《夜宿白云山》）这是他出差外地，目睹山川自然惨遭人为破坏而写的一首诗。虽为生活“小品”，但作品起笔不凡，气势夺人，然后笔锋陡转直指主题：白云缥缈空山冷月，夜宿酒店却寒风袭人，于是故乡山水草木倍觉温暖。作者起兴恣肆，语气温婉，才丽之外，颇近兴讽。

真情浸润心灵，豪气成就事业。《生命流韵》给我的第二个“艺术冲击”是豪放之美。且看《忆鼓楼》：

老城六载绘新篇，移水搬山多变迁。

三战辉煌人立鼎，一流繁盛势擎天。

江陵八岭神龙舞，内港千樯碧浪欢。

商贸惠民兴万代，红星闪烁奏和弦。

之所以全诗照录，是因为每一句、每一词都蕴藏着一段激动人心的故事，凡目睹身历者，每读此诗，无不荡气回肠。

作者曾在鼓楼区工作近 6 年。1998 年，该区实施中心北移战略，展开行政中心北迁、白云山改造、三路两桥等重大项目建设，时称“三大战役”。诗中“神龙”，指 1999 年鼓楼区组织的迎澳门回归龙舞表演在江苏省夺冠后赴京参赛，舞遍天安门、世纪坛、八达岭，获最高荣誉山花奖，受到党和国家领导人检阅。时光荏苒，虽十多年过去了，然余音澎湃，硝烟散去的记忆底版上，仍高高矗立着拼杀的身影、胜利的欢呼乃至冲锋的悲壮……江山如画情如火，肝胆风雷任翕张，这些用激情酿造、心血浇筑的诗篇，怎能不迸发出豪放之美！

看似寻常最奇崛，成如容易却艰辛。在崇先诗集里，无论是咏人状物，还是借景抒情，豪放之作随处可见，此非故意为之，而是心胸高阔、潜心修为使然。

再看《登白云峰》：

山回路转万千盘，直逼苍穹向九天。

登上巅峰观岭小，俯身沧海看云闲。

登山之难在于山之高、崖之险。作者出身清寒，自幼生活困苦，成长道路曲折。一路走来，山高路远，风雨坎坷，但他坚信“山回路转万千盘”，始终以昂扬斗志和冲天豪情“直逼苍穹向九天”。在经历了“登山之险”后，置身峰巅，俯身沧海，淡看云卷云舒，其胸襟、其气度、其创造激情、其人生锐气，岂止“豪放”二字了得，实为人生之高境界也！

人生之境界体现到诗歌之中，就是一种艺术境界。《生命流韵》在体现真情之美、豪放之美的同时，无不闪烁着意境之美。

“雨烟迷雁荡，山水两茫茫。孤石成双影，无言入梦乡。”首篇《雨夜雁荡》绮丽开局：烟雨迷濛，孤石寂影，他乡之夜，无言入梦，山水两茫之境，却也美的迷幻、美的从容。意境之美，诗之魅也。

与《雨夜雁荡》相对应，《壶口瀑布》却呈现出另一种震撼之美：“涛声天外吼，浪下起云烟。翻滚奔腾激，霎时东海间。”由涛、天、浪、烟等意象构成的诗歌意境可谓气吞山河，波澜壮阔，每读一遍无不生身临其境、地动山摇、水溅衣衫之感。

还有《俄罗斯胜利广场抒怀》：

碑耸三千丈，凯旋遮日光。
妇儿皆战士，热血沃天荒。

虚实结合，比兴有法，读后热血沸腾。意境之美，诗之力也。

意境，让人产生共鸣和愉悦。在崇先诗集中，这类作品不胜枚举。“只闻泉声响，不见水何来。欲往寻源处，草丛花自开。”（《梅关古道听泉》）“天蓝覆白云，峰翠水连村。碧海千帆竞，源清一派新。”（《连州群峰》）“静静小河流，长长一叶舟。牵心鸭两只，放梦到桥头。”（《游剑河》）“红岩万丈入云端，碧水千层润沃田。偶尔回身观峭壁，清风携瀑抱流泉。"(《红石峡》)等等，均为景美情真之作，自然秀发、音韵流畅，委婉有致、意味隽永。意境之美，诗之魂也。

在崇先的作品中，名言佳句如星汉灿烂，万象生辉：

夜深闻笑声，惊落半天星。(《偶得》)

风来君影动，雨过月明空。(《东坡花园》)

云雾茫茫银色漫，千峰万壑尽霜天。《过陕西铜黄》

一揽碧波摇众山，清风扑面觅空帆。《溧水东屏湖》

灯火渐淡琴声远，夜半湖波未入眠。(《太湖琴声》)

船挤雷鸣惊蝠影，洞观万象一河装。《连州地下河》

美景如画，目不暇接，果然蓝田日暖，良玉生烟，如沐春风，如饮甘露。意境之美，诗之眼也。

行文至此，本想打住，但一首《忆旧》却不忍放下：

记得当时年纪小，常将童话作航标。

连环画里寻肖影，断壁园中逐狗猫。

课本师堂观世浅，麦田茅舍仰云娇。

而今倍念孩提梦，更爱新枝探碧霄。

这首诗曾在《光明日报》上发表，诗句平白，却韵味独特：把叙事之美寓于意境之中。与此同工者，还有《徐州新胜咏》、《印象刘三姐》、《三清山揽胜》等，虽具象繁多，然思路清晰，音律分明，"发纤浓于简古，寄至味于淡泊。"诗盈心智，大美人生，实为诗人之独道也。

以上，是我研读《生命流韵》的一点粗浅体会，记录于此，呈于读者方家指正。

（李文顺：徐州市诗词协会名誉会长）